I was able to create
the strongest skill in another world,
so I decided to be a matchless warrior.

I'm the only one who manipulates my status

JN008912

「俺が前に出る！」
「タクミ、やっちゃいなさい！」
ミア
タクミ

「ボクに任せてよ！こう見えても力はあるんだ」
マルル
「お主らは人族の中でも異端児だな」
クト

「……いいわね。
とてもいい
考え方だわ」
ゲイル
「タクミとミアは
我々魔族を
救ってくれました」
カルラ

～俺だけがステータスを
勝手に操作～

異世界で最強のスキルを生み出せたので、ひたすら無双することにしました。

ヒゲ抜き地蔵
illust 山椒魚

デザイン　松浦リョウスケ（ムシカゴグラフィクス）
イラスト　山椒魚

CONTENTS

I was able to create the strongest skill in another world,
so I decided to be a matchless warrior.

I'm the only one who manipulates my status

第1話 スキルの素

目を覚ますと真っ白な空間に俺はいた。

周りを見渡すと大勢の人がいる。

日本人だけでなく、何処の国かはわからないけれど外国人も大勢いた。


――脳に音が直接伝わるかのように、地を這うような低い声が聞こえた。

『制限時間は一〇分。スキルの素《もと》を三つ選べ。ただし他者と同じものは選べない』

はけ口のない、耐え難い陰鬱《いんうつ》な圧迫感。

あきらかに人ではない、抗うことを許さない声だった。

『終わった者は〝転移〟と口にしろ。他者との行動を望むなら、他者の手を取り口にしろ』


――一瞬の静けさに包まれた後。

『……では、始めよ。我を失望させるなよ』

身体全体に感じていた圧迫感が溶けるように消えた。様々な声や響きが遠く近くで交差する。

「ステータス」

「ステータスオープン！」

「おおっ！　で、出たぞ」

「やったー、俺も異世界へいけるぞぉ」

そんな歓喜とも狂喜ともいえる声が聞こえてきた。

まさか……そういうことなのか。

少し恥ずかしいので、誰にも聞かれない音量でつぶやく。

「す、ステータス」

ＳＦ漫画やゲームでお馴染みのステータス画面が目の前に現れた。

おおおおっ！　それはラノベでよく見る光景だった。

俺はラノベが好きだ。様々なジャンルのラノベを読破している。

ノーヒントでいきなりステータス画面に気づけた連中も同じ穴のムジナだろう。

嬉しくなり周りを見ると、何もない空中に向かって指をスライド、タップしている人が大勢いた。どうやらステータス画面は他の人には見えないようだ。

自分のステータス画面に目を向けると、右上に『残り09分01秒』と表示されカウントダウンしている。

これはさっきの説明にあった制限時間のことだろう。

画面の中央には『スキルの素』と書かれ、箇条書きがずらりと並んでいた。

・火（検討中）
・槍
・融合
‥
・束縛
・土（検討中）
・鑑定（検討中）
‥


軽くスクロールさせてみると、ものすごい数のスキルの素が並んでいた。

千個以上はありそうだ。ジャンルごとに分類されていないので非常に見づらい。

いくつかのスキルの素の下には『（検討中）』と書かれていた。

……嫌な予感がする。そのとき『（検討中）』の文字が『（済）』に変わった。

「よっしゃー！　チートスキルの鑑定ゲットだぜぇ！」

遠くから歓喜の声が聞こえる。

誰かが選択した状態だと『（検討中）』で、確定状態になると『（済）』になるようだ。

つまりは早いもの勝ち。

急がないとチートな『スキルの素』が全てなくなる危険な状態。

良さそうな『スキルの素』を探すが、すでにチートの匂いがするものは（検討中）か

（済）になっている。

慌ててスキルを探している俺を尻目に、知らない男が話しかけてきた。

「時間がないところすまない。いきなりなんだけど僕達とパーティーを組まないかい？」

男は長身で優しそうな顔つきの青年だった。その周りには七人の男女が集まっている。

「ここにいる人達でパーティーを組むことにしたんだ。良さそうなスキルの素をみんなで分担して集めている。あれだけの数があると吟味して三つ選ぶのは難しいからね」

なるほど、八人いれば合わせてスキルの素が二四個選択できる。

とりあえず良さそうな候補を（検討中）にして、後で誰がどのスキルの素を持つか調整する作戦のようだ。

「君もわかると思うけど、これは早いもの勝ちだ。人数が多ければ多いほど有用なスキルを押さえられる。転移した後がどうなるかわからないけれど、一人よりも有力な仲間と初めから一緒にいる方が危険は少ないはずだ。どうだい、仲間にならないか？」

たしかにその通りだ。

良い作戦だと思うよ。

だから返事をした。

「ごめんなさい」

だって、俺は陽キャが苦手なんだ。

「誘ってくれてありがとう、けれど俺は自分のペースでやりたいから」

男は腑《ふ》に落ちないという顔をしているが、それ以上尋ねようとはしなかった。

俺は極度の人見知りというわけではないが、人付き合いが疲れるタイプだ。

特に陽キャ因子《いんし》の強いグループには入れない。いや、入りたくないんだ。

「……わかったよ。もし入りたくなったら声かけてね。時間をとらせて悪かったね」

そう言い残して男は仲間の元に戻っていく。

「なんだ、アイツ。せっかく声かけてやったのに……」

「ボッチが恩を仇で返すとか、マジキモいんですけど……」

小さい声ではあるが、隠す気のない声が聞こえてくる。

良かったよ。誘いを断って。俺の方がマジ無理だって言ってやりたいが、今は時間が無い。

ステータス画面の制限時間を確認すると後五分しかなかった。

魔法、攻撃、時間、空間といったチートをイメージできるものは全て（検討中）か（済）になっている。生産系も同様だ。

けれど、俺はあることに引っかかっていた。

スキルじゃなくて『スキルの素』なんだよな。

『元素』が『物質』の根源をなす要素であるように、『スキルの素』は『スキル』を構築するための要素ではないのか。

スキルの素は組み合わせて使える？

スキルの素は汎用性の高い方が良いのでは？

考えながら、ふと周りを見ると空間内に残る人数は二〇人を切っていた。

制限時間を見ると後三分。じっくり考えている時間はもう残されていない。

自分の直感に従ってスキルを選択することにした。

‥
・癒やし（済）
・連絡（済）
・光（済）
・強奪（済）
‥

まずい。（済）が目に入るたびに焦りが増してくる。

‥
・筆
・接触
・爪
‥

あっ！

何かが脳裏を過《よぎ》った。

漫画やゲームでは、強すぎるスキルの行使や、スキルを強くするためには何らかの制約がいる。

例えばＭＰの消費が多かったり、使用回数に制限があったり。

『接触』なんて、スキルを強くするときの制約に良さそうじゃないか。

悩んでいる時間もないので『接触』を選択した。

やばい。あと二つもある。急がないと。


‥

・糸（済）

・合成（済）

・抽出（済）

‥


ダメだ。ほとんど（済）になっている。

そ、そうだ！　一番下から上に向かって探そう。ほとんどの人は上から下に探しているはずだ。

俺は急いで表示内容を一番下の項目までスクロールさせる。

制限時間は残り二分。


‥

・罠（済）

・文字

・猫
‥

頭の中でひとつのアイデアが閃《ひらめ》いた。

もしこれから始まる世界が想定と違う場合、そのとき俺は最弱な異世界転移者になるだろう。

みんながスキルを使い、人生を謳歌《おうか》するなか、俺は村人Aとなって一生畑を耕すのかもしれない。

けれど、俺は自分のアイデアに全てを賭けることにした。

『文字』を選択し、最後のスキルの素を探す。

俺のアイデアを実現するために必要なスキルの素。

最後の1ピース。

——制限時間：残り一分

‥
・隠蔽
・飼育
・変化
‥

ぐぬぬぬぬっ……。なかなか良さそうなスキルの素に目がいってしまうが我慢《がまん》だ。
今さら方針を変えても手遅れだ。最後の一つ。早く出てきてくれ。

――制限時間：残り一〇秒

：
・修正（済）
・変更
・鉄
：

『時間になりました。これより転移が始まります』
ステータス画面に文字が表示され、俺の身体は光に包まれた。
次の瞬間、景色が変わり目の前には天井が見えた。

第２話　異世界生活

ここは何処だ？　周りを見渡してみる。

木造作りの十畳ぐらいの部屋に、俺が横になっているベッドが一つ。どうやら制限時間いっぱいまで粘って、強制的に転移させられたらしい。とりあえず現状を確認することにした。

「ステータス」

【名前】ナルミヤ　タクミ
【状態】正常
【レベル】１
【ＨＰ】10／10
【ＳＰ】10／10
【スキルの素】
・『接触』触っている対象への効果を上げる。
・『文字』文字の効果。
・『変更』変更の効果。

これが俺のステータスだ。欲しかった『スキルの素』は全て取れていたので安堵《あんど》した。

ステータスの内容を確認する。ＳＰはスキルポイントの略みたいだな。

ＨＰはゼロになったらどうなる？　甘い考えは捨てて、死ぬと考えた方がいいだろうな。

たった一〇しかないので注意しよう。

俺はベッドから降りた。ドアの横に立てかけてある全身が映る大きな姿見鏡の前に立つ。

そこには、白いワンピースのようなゆったりした布を着た一五歳ぐらいの青年の姿が映っていた。髪の色は白く、瞳の色は青緑色《エメラルド》。俺の子供の頃とは似ても似つかない。特別美男子でもないが、魅力的な顔をしていた。

俺は二八歳の日本人。仕事はシステムエンジニアだった。容姿はいたって平凡、モテ期は小学二年生の頃。

鏡を見た正直な感想は、「若返り、容姿もカッコよくなったな」この程度。

ラノベ愛読者の俺にとって予想の範疇《はんちゅう》だからな。

「さて、どうするか」

窓から外の様子を確認する。ここは森の中にある村のようだ。

どうやら王様の命令で異世界に呼び出された展開ではないらしい。

村でベッドに寝かされていた……ということは、いきなり戦闘になったり捕まったりすることはなさそうだな。俺は部屋の外へ出ることにした。

ここは森の中にある村で、周りは高さ二メートルぐらいの木の柵で囲まれていた。

日本では見ない光景だ。もしかしたら魔物が出るのかもしれない。

そうこう考えていると、背中が曲がり少し前屈みになった白髪のお爺さんが、こちらに向かって歩いてくる。

　これからイベントが始まるようだ。

　楽しみにしていた小説を開いたときのように、これから始まる冒険を期待し胸が高鳴る。

「ようこそ、ここはロゼッタ村。わしは村長のジルじゃ」

　テンプレの挨拶きたぁー！　ゲームのチュートリアルだと、はじまりの村って感じだな。

「はじめまして、タクミといいます。目が覚めたらここにいて……ここはどこですか？」

「心配しなくてええ。わかっておる。ここはそういう場所だからのぉ。その建物から出てくる人は、皆が違う世界から来たと言うのじゃ」

『違う世界』ということは、やはり異世界転移したのか。

　ふふっ、あははっ……笑いが込み上げてくる。

　知らない土地にいる緊張、これからの展開が予測できる余裕、それらが混じり、変なテンションになっているようだ。

「ここから出てきた人達は、今は何をしてるんですか？」

「我々は他の世界から来た人達を『異世界人』と呼んでおる。異世界人は、二、三日程この村にいた後、どこかに行ってしまうのぉ」

「では、この村に俺以外の異世界人がいるなら会いたいんですけど……」

「おらんよ。最後に異世界人が来てから五年ぐらい経っておる」

あの空間には三百人ぐらい居た。必ずこの村に転移させられるわけじゃないようだ。あと考えられるのは、はじまりの村みたいな場所が世界中にたくさんあるとか。

「他の村や街にも異世界人って現れるんですか？」

「この村以外にも現れるのぉ。大きな街だと一度にたくさんの異世界人が現れるそうじゃ。この村に現れるときはいつも一人しかおらん」

なるほど、パーティーで転移した人達はここよりも大きな村や街、城とかに現れるのか。

もしかして周りの魔物も強いとか……その場合、ゲームだとハードモードだな。

「この世界で暮らすためのお金は、どうやれば稼げますか？」

「まずは冒険者ギルドで冒険者登録するのを薦めとる。冒険者カードがあれば村や街の出入りに困らんし、お金も稼げるからのぉ」

そう言って村長は、村の一番大きな建物を指さす。

俺はお礼を言い、村長と別れた。

冒険者ギルドへ向かって歩いている途中、すれちがう人達に「あなた異世界人なんでしょ。がんばってね」と声をかけてもらえた。

今までここに来た異世界人達は、みな良い人だったんだろう。

過去に悪事を働いた人がいれば、あの部屋から出てきた瞬間に殺されてもおかしくない。

この村に転移できたのはラッキーだったようだ。

――村長から教えてもらった建物の前に来た。

建物の看板には見たことのない文字が書かれている。だけど、なぜか『冒険者ギルド』と読める。そういえば村長が話していた言葉は日本語だったのか？

これについてはあまり深く考えてはいけない。ラノベ愛読者の俺にとって予想の範疇だ。

冒険者ギルドのドアを開けて建物の中に入る。

拍子抜けだ。部屋の中には誰もいなかった。受付ぐらい誰かいろよとツッコみたい。

カウンターに置かれたベルを手に持ち、振ってみる。

カウンターの奥の部屋から、ドタッ、ガサッ……と音がした。

奥の部屋から出てきた女性は、四〇歳ぐらいの肝っ玉母さんという感じだった。

「いらっしゃい。ここでギルドマスターをやっているハンナだよ。といっても、働いてるのは私しかいないんだけどね」

このぐらいの村だと、ギルド職員は一人で足りるらしい。

「めずらしいね。見たことない顔だから、あんた異世界人かい？」

「はい。さっき村長にも言われました。この世界のことは全くわかりませんが、よろしくお願いします」

「あら、なんか妙に落ち着いてるというか、慣れてる感じがするねぇ」

「冒険者登録したいんですが、どうすればいいですか？」

「この登録用紙に必要事項を書いてちょうだい。代筆が必要かい？」

「自分で書ける気がするので、試してみます」

「はい、これが登録用紙だよ。試してみますって……ほんと慣れてるねぇ」

どれどれ、おっ、不思議な感覚だけどこっちの世界の文字が書ける。日本語を意識しすぎると文字が日本語になる。何も考えずに書くのがコツか。

【名前】ナルミヤ　タクミ
【出身】
【職業】

「出身の欄は、なんて書けばいいですか？」

「出身欄のところは、異世界人は初めて訪れた地名を書く決まりがあるんだ。だから『ロゼッタ村』って書くんだよ」

「職業欄は？」

「自分のなりたい職業だね。そうそう、異世界人にはこれを伝えるんだっけ。あんた『スキルの素』って持ってるかい？」

俺は頷《うなず》いた。

「スキルの素ってのは、異世界人しか持っていないんだ。冒険者登録して経験を重ねると、自分の職業に関連したスキルを身につけることがある」

スキルきたぁぁぁぁ‼　夢にまで見たスキルが手に入る。叫びたいほどの歓喜をなんとか抑えた。

「とても嬉しそうだね。ここからが肝心なところだよ。『スキル』は『スキルの素』から生まれるんだ。スキルの素と関係ないスキルは生まれない」

『元素』が『物質』の根源をなす要素のように、『スキルの素』は『スキル』を構築するための要素。つまり、『剣のスキルの素』からは、魔法関係のスキルは生まれないってことだな。

　よしっ！　ここまでは予想通りだ。

「じゃあ質問だ。注意しないといけないことは？」

「職業ですね。スキルは職業に関連したものしか身につけられない。スキルはスキルの素から作られる。だから、スキルの素と相性が良い職業を選ぶのがポイントってとこかな」

「正解だよ！　こんなにすぐ理解できたのは、あんたが初めてだよ」

　スキルの素と相性の悪い職業を選ぶと、スキルが発生しない、または使い勝手の悪いスキルになる。スキルは一つだけでなく、どんどん増えていくようだ。

　スキルの素って思ったよりキャラメイクに影響しそうだな。

　あっ、大事なことを聞かないと。

「職業を変えたいときはどうすればいいんですか？」

「職業は一度登録すると変えられないよ」

「え!?　冒険者ギルドを脱退して、再入会するときに職業を変えてもダメですか？」

「実は『職業』なんて言ってるけど、実際は魂との契約とも言われてるんだ。スキルを身につけるには具体的なイメージが必要で、それを『職業』という言葉を使ってイメージしやすくしてるのさ」

なるほど魔法系のスキルを身に付けたければ、魔術師や僧侶とか。火の魔法に特化したければ火魔法使いとか……そもそも火魔法使いなんて名前の職業はあるのか？

まさか……。

「職業って、もしかして自分が知っていれば、他の人が知らない職業でもいいんですか？」

「もちろんいいさ。職業は自分がスキルを身につけやすくするためのものだからね」

おいおい、マジかよ！　これ大事なんてもんじゃないよ。ゲームだったら最初からやり直すレベルの情報だ。

俺のスキル素は『接触』『変更』『文字』の三つだ。

相性の良い職業は……やっぱりこれかな。

俺は登録用紙に残りの必要事項を書き込んで、ハンナさんに渡した。

「じゃあ登録するから、ちょっと待ってなよ」

——ハンナさんが奥の部屋に入ってから五分が経った。

「はいできたよ。これが冒険者カードだよ。それにしても、聞いたことない職業だね」

渡された冒険者カードは銅製で特殊な模様が描かれており、カードの裏面には俺の情報が彫られていた。

【名前】ナルミヤ　タクミ
【出身】ロゼッタ村
【職業】ハッカー
【ランク】Ｆ

俺の日本での職業はシステムエンジニアだった。実際にハッカーだったわけじゃないが、セキュリティ対策とかで少しは知識がある。スキルの素とも相性はいいはずだ。

「あんたは登録したばかりだから、冒険者ランクはＦさ」

冒険者ランクは一番下からＦランク（銅）、Ｅランク（青銅）、Ｄランク（鉄）、Ｃランク（銀）、Ｂランク（金）、Ａランク（魔銀《ミスリル》）、Ｓランク（堅鋼《アダマンタイト》）の七段階だった。

クエストなどで実績をあげるとランクは上がる。クエストは、自分のひとつ上のランクまで受けられるそうだ。

「あと、貸出用の装備があるけど持っていくかい？」

奥の部屋から、ナイフ、革の胸当て、革靴、リュックを持ってきてくれた。

どれもボロボロとは言わないが、見るからに年季が入っていた。

「これはみんな、冒険者が古くなって捨てるものを、ギルドが買い取って整備し、貸出用にしてるものさ。自分の装備が揃うまで、これでも使ってな」

俺はありがたく借りることにした。

レンタル料は、一日二ゴールド。スライムを一匹倒せば払える額らしい。

しばらくは転移してきたときの部屋を使っていいそうだ。掃除するのが条件ではあるが。

お礼を言ってギルドを出た。


――転移してきたときの部屋に戻り、ベッドに腰をおろす。

「さて、どうするか……」

答えは決まっている。まずはスキルの調査だな。俺の職業は『ハッカー』、スキルの素は三つだ。

『接触』触っている対象への効果を上げる。

『変更』変更の効果。

『文字』文字の効果。

真っ白な空間で閃いたアイデア、それに必要なスキルの素を選択した。そのアイデアが実際にできるのか。それを今から検証する。

俺はギルドから借りたナイフを取り出して、両手で包むように持ち、ナイフの情報が文字になるよう意識した。


――五分経過。

あれ、こんな感じでイメージすれば『鑑定』みたいなことができるかと思ったんだけどな。

そういえば、ハンナさんは『職業に関連したスキルが身につく』って言ってたな。俺が今試したイメージは『鑑定』だ。職業のハッカーを意識してやってみないとダメなのかもな。

……ナイフの中を巡る情報を『接触』した手で読み取り、それを『文字』にして見えるように意識する。


——三分経過。

俺の頭の中で何か閃いたような感覚がした。

ナイフを見つめると、ナイフのステータス画面が表示された。

【名前】ナイフ
【状態】古くてボロボロ
【攻撃力】３

うおおおおっ！　できた‼

ナイフのステータス画面に書かれている内容は、たぶん俺が認識しやすいようになっている気がする。『古くてボロボロ』なんて表現はそれしか考えられない。

俺は自分のステータスも確認した。

【名前】ナルミヤ　タクミ
【職業】ハッカー
【状態】正常
【レベル】１

【ＨＰ】10／10
【ＳＰ】９／10
【スキルの素】接触、文字、変更
【スキル】分析（New）

スキルの欄に『分析』ができている。これが『スキルが生まれる』ってやつだな。

分析の文字を集中して見ると詳細が表示された。

・『分析』対象に触れて情報を取得する。取得した情報は表示できる。対象に触れている時間が長いほど詳しい情報を取得できる。

想像した通りのスキルだった。スキルを使うとＳＰが減る。これも想定内だ。

さて、ここからが大事なところだ。俺はナイフを持ち『分析』スキルを使う。すぐにステータス画面は表示されなかった。

一度『分析』が成功した対象でも、二回目以降も最低三分はかかるようだ。


――三分後、ナイフのステータス画面が表示された。

【名前】ナイフ
【状態】古くてボロボロ

【攻撃力】３

俺は攻撃力の『３』の文字を、『９』に書き換えてみる。これが俺の閃いたアイデアだ。

ステータスの文字を変更する。

職業のハッカーを意識して、『接触』した手で対象の『文字』を『変更』するように意識する。

ステータス画面に表示される攻撃力の文字は変わらず『３』のままだ。これも成功するまでに時間がかかるかもしれないので、このままイメージし続ける。また俺の頭の中で何かを閃いたような感覚がした。

ステータス画面を見ると、ナイフの文字が『９』に変わっていた。

やったぁぁぁぁぁ！　これはすごい、凄すぎる‼

早く、早くスキルの詳細が知りたい。俺は慌てて自分のステータスを確認した。

【名前】ナルミヤ　タクミ
【職業】ハッカー
【状態】正常
【レベル】１
【ＨＰ】10／10
【ＳＰ】７／10
【スキルの素】接触、文字、変更

【スキル】分析、改ざん（New）

・『改ざん』触れた対象に書かれてある文字を1文字だけ変更できる。

　これはあまりにチート過ぎる、何か制約がありそうだな。

　まずは変更できる文字数を『1文字』から『9文字』に『改ざん』してみたが出来なかった。

『分析』スキルで表示する内容を漢字にして、『十→千』にするのもチャレンジしたが出来なかった。ステータス画面の文字を漢字にしたり、英語にしたりと自由には変えられなかったのだ。

　その後、『レベル』『スキルの素』『状態』などの『改ざん』を試す。検証した結果を整理するとこんな感じだ。

・『分析』『改ざん』ともに一回成功するとSPを一消費する。失敗するとSPは減らない。
・『分析』『改ざん』は、対象にスキルを使うイメージをしながら最低三分間、触り続けないと失敗する。靴などの装備を着けた状態でも接触と判定される。
・『改ざん』は、対象の1文字しか書き換えられない。
・同じ対象に、二度『改ざん』しようとすると、最初に改ざんした文字は元に戻る。

・『改ざん』は、自分のステータスは書き換えられない。
・『改ざん』は、『レベル』や『ＨＰ』など変化する値は書き換えられない。

ＳＰがゼロになったので今日の検証はこれで終わりだ。検証の過程で、ナイフの攻撃力を『３→９』、拾ってきた投げやすい石の攻撃力を『１→９』に『改ざん』した。

真っ白な空間で目が覚めてから、まだ一日も経っていないのが嘘のようだ。

あの真っ白な空間で、余りモノから選んだスキルの素。

閃いたアイデアに人生を賭け、俺はこの勝負に勝ったんだ。

不安や喜びでいっぱいに詰まっていた胸が軽くなっていくのを感じながら、俺は眠りについた。


――翌日、俺は見晴らしのいい草原に立っていた。緑の匂いが小学校の頃の夏休みを思い出させる。

俺はゴールドを稼ぐため魔物狩りに来ていた。

村の近くの森は視界が悪いので、歩いて一〇分ぐらい離れた草原で狩ることにした。

探している魔物は、スライムとゴブリン。

村を出るときに門衛の男から「おまえのランクだとスライムかゴブリンだな。この辺は弱い魔物しかいないが、他の魔物はまだ止めておけ」と忠告されたからだ。

装備のレンタル代と飯代、最低でもこれを稼がないとな。

レンタル代がスライム一匹って、ギルドマスターのハンナさんが言っていた。

スライムを一〇匹ぐらい倒せば、明日の朝までの飯代は足りるだろう。

――ん？　あれがスライムか。

水色の球状のモノがバッタのように跳ねているのが見えた。一回に跳ねる距離は五〇センチ程度だ。気づいていればまったく怖くない。

ＨＰが一〇しかないので、遠距離攻撃で戦うことにした。

武器は『改ざん』スキルで攻撃力を『9』にした石ころだ。俺は『改ざん』スキルで加工したものを『強化』と呼ぶことにした。だから、この石ころを強化石と呼んでいる。

まずはキャッチボールぐらいの速度で、スライムに強化石を投げてみた。

バシャッ！

強化石はスライムの身体を貫通した。スライムは水風船が割れたときのように弾けてしまった。

「――へ？」

あまりの呆気なさに思わず声が出てしまった。

弾けたスライムの破片は黒い煙に変わり、空気に溶けるように消える。そして小さな宝石のような石が落ちていた。

この綺麗な石は魔石と呼ばれ、電気のようなエネルギーとして使われるらしい。

魔石は冒険者ギルドで買い取ってくれる。

買い取り相場は、スライムの魔石は二ゴールド。ゴブリンは五ゴールドだ。

俺はスライムの魔石をリュックに入れた。強化石も忘れずに拾う。

次はゴブリンを探すか。少し離れた川岸に、緑色をした子供ぐらいの体格の魔物を見つけた。

あれがゴブリンか……よし、一匹だけだ。

右手に強化石、左手に強化ナイフを持ち、そっと近づいていく。けれど、まわりには隠れる場所がないため簡単に見つかってしまった。

「ギギギギッ」

ゴブリンは棍棒を片手に持ち、襲いかかってきた。

まだ距離はある、慌てるな。確実に外さない距離まで引き付けるんだ。

五メートルぐらいの距離で、俺は強化石をゴブリンめがけて思いっきり投げた。

ズボッ！

強化石はゴブリンの胸を貫通した。

「——へ!?」

「ゲフ……グェエ…………」

ゴブリンはそのまま動かなくなり、黒い煙となって消える。魔石が残り、ゴブリンの持っていた棍棒も黒い煙となって消えた。魔物の装備も本体を倒すと消えるようだ。

まて、まて、それよりもだ。

いくらなんでも魔物が弱すぎないか？　リアルに紙装甲ではないか！

俺は魔物との戦闘で勝利したことに喜ぶ、ではなく戸惑っていた。冷静になって考える。

もしかして、俺が強すぎるのか……なんて勘違いはしない。

普通のナイフは攻撃力が３。強化石の攻撃力は９もある。

ゲームなら二つぐらいグレードが上の武器で戦っていることになる。

……強化石がチート武器だったのか。

これを機に俺はＳＰが回復する度に、『改ざん』スキルで強化石を作った。普通の石だと投げた後に見つからなくなる可能性が高いので、川で色の付いた投げやすい石を見繕った。

――俺が村に戻ったときは、もう夕暮れだった。冒険者ギルドに入り、ハンナさんを呼ぶ。

「この魔石の買い取りをお願いします。あと、おすすめの装備が買える店と食事のできる店を教えてください」

「さっそく魔物を倒してきたんだね。どれどれ、スライムの魔石五個、ゴブリンの魔石一〇個……」

ハンナさんが固まってしまった。

「あんた、何人で狩りに行ってたの？　えっ、一人だってぇ!?」

ハンナさんはすごく驚いたあと、同じくらい褒めてくれた。

「魔石の買い取り代金は冒険者カードに記録するかい？　買い物をしたとき冒険者カードから支払えるから便利だよ。荷物にならないからね」

「それは便利ですね。冒険者カードに記録してください。あっ、今日と明日の二日分の装備レンタル代を払うので、差し引いてくださいね」

　今日の稼ぎは、魔石の買い取り代金六〇ゴールドだった。冒険者カードを渡して、装備レンタル代を引いた五六ゴールドを記録してもらう。

「装備はここを出て右側に歩いていけばお店があるよ。食事はその途中に宿屋がある。その一階の食堂がおすすめさ」

　俺はハンナさんに礼を言って、冒険者ギルドを出た。

　一ゴールドあたりの市場価値がわからんから、まずは食事を取ることにした。今のところ装備は困っていないので後回しだ。

　冒険者ギルドから歩いて三〇メートルぐらいのところに宿屋はあった。一階が食堂になっていて、宿泊客以外でも食べられるようだ。

　食堂に入ると俺以外の客は一人もいなかった。まあこんな小さな村だと、そもそも宿泊客が少ないのかもしれない。

「いらっしゃいませ。あ、もしかして異世界から来られました？」

　一五歳ぐらいの茶色い髪をした女性が話しかけてきた。宿屋の娘ってところかな。

「はい。どうして俺が異世界人だってわかったんですか？」

「この辺りで見たことのない顔だったのと、村中で異世界人が来たって噂になっていたので」

これだけ小さい村だ。ニュースなんてほとんどなく、異世界人が来たことは大きな話題になっているのかもしれない。

けど、丁度いい。俺は異世界人だから、いろいろ聞いても不審者扱いされることもないだろう。

「まずは何か食べたいんですけど……」

メニューは日替わりで一つだけらしい。基本的にパンとスープとサラダ。スープの具は日替わりみたいだ。

今日のスープには、肉とじゃがいもみたいなものが入っていた。味は塩加減が足りないが、不味くはなかったので、俺は少し安心した。虫が主食と言われたら、俺はこの世界で生きていけそうになかったからだ。

一回の食事で四ゴールド。スライム二匹分だった。

この世界の相場を聞くと、一ゴールドあたり日本円で百円ぐらい。

一年は一二ヶ月で、一ヶ月あたり三〇日。つまり一年は三六〇日ということもわかった。

時間は一日二四時間で地球と同じだ。

この世界で暮らすのに必要最低限の情報は知ることができた。

——食堂を出たあと、武器屋に向かった。

ギルドマスターのハンナさんから紹介された店は、武器屋というより鍛冶屋だった。こんな小さな村だと武器の需要よりも、農具や生活用品の修理の方に需要があるのだろう。

武器や装備を見ると、ショートソードが一〇〇ゴールド、腕に付けるタイプの小型盾のバックラーが五〇ゴールドだった。結構いい値段するんだな。スライムなら七五匹、ゴブリンなら三〇匹か。今日の目的は市場の相場を知ることだったので、何も買わなかった。

道路を挟んだ向こう側にある道具屋に入ってみると、食料品や鞄、靴や服、ポーションと幅広い品揃えだった。急ぎで必要な服と下着、水袋を買った。

旅に出るための道具とかも揃えていかないとな。あらためてゴールドを稼ぐ必要があると思い知らされた。

——転移したときの部屋に戻ってきた。

村の中は外灯があり、スライムやゴブリンなどの小さな魔石をエネルギーに灯りを付けている。

外灯のように魔石で動く道具のことを魔道具というらしい。

すべてハンナさんから教えてもらったことだ。

しかし、この部屋に照明器具はない。不用心なことに窓はガラスになっているため、少し離れた外灯の光が差し込み、部屋を薄明るくしてくれている。

そろそろ寝ようかと思ったとき、ふと気がついた。

経験値はどうなってるんだ？

早速ステータス画面を開く。

【名前】ナルミヤ　タクミ
【状態】正常
【レベル】３
【ＨＰ】３０／３０
【ＳＰ】３０／３０
【スキルの素】接触、文字、変更
【スキル】分析、改ざん

自分のレベルが上がっていることは、狩りのときにＳＰを確認していたので知っていた。

問題はスキルだ。スキルは成長するのか？

強化石はすぐに壊れるため、頻繁に作る必要があった。それだけ『分析』『改ざん』を使ったということだ。

俺は『分析』と『改ざん』のスキルを集中して見たが、書かれている内容に変化はなかった。

けれど、俺はもう一つ気になることがある。

強化ナイフを手に持ち、『分析』スキルを使った。

――二分経過

強化ナイフのステータス画面が表示された。

体感で一分。ステータス画面は今までより早く表示された。

俺のスキルは成長していた。

――翌朝、宿屋の食堂で水と簡単な食べ物を買った後、ゴールドを稼ぐため魔物狩りに出かけた。

『改ざん』スキルで攻撃力を９に上げた強化石は凶悪だった。稀に革の鎧や木の盾を装備しているゴブリンと遭遇《そうぐう》するが、強化石は防具を貫通し、一撃で屠《ほふ》るのだ。

遠距離攻撃のみで倒せるため、危ない場面は今のところなかった。

ただ強化石にも弱点はある。

四から五回投げると割れるのだ。攻撃力を強化しても、耐久力は強化されないみたいだ。

たしか『分析』スキルの説明には、「対象に触れている時間が長いほど詳しい情報を取得できる」と書かれていたな。気になったので耐久力を意識して『分析』スキルを使ってみた。

【名前】強化石
【状態】普通
【攻撃力】９

【耐久力】3
――できた。マジ万能なんだが。
試しに『改ざん』スキルで耐久力を9に上げた。
『改ざん』スキルは一文字しか変更できないので、攻撃力が改ざん前の1に戻った。
【名前】強化石
【状態】普通
【攻撃力】1
【耐久力】9
強化石は確かに割れづらくなったが、攻撃力が1なので魔物にダメージをほとんど与えられなくなった。『改ざん』スキルはとても強力だが、一文字しか変更できない不便さがあるな。
俺は今まで通り攻撃力を上げるスタイルで、夕方になるまでゴブリンを狩り続けた。

――村に戻り、そのまま冒険者ギルドへ向かう。

ギルドの中に入ると、ギルドマスターのハンナさんと一人の男が話していた。

「おっ、珍しい。見たことない顔だな」

「ハリーさん、この子は異世界人だよ。昨日来たのさ」

ハンナさんはその男、冒険者のハリーさんを俺に紹介してくれた。ハリーさんは、五年前に現れた異世界人のケンさんに冒険者のノウハウを教えていたらしい。

ハリーさんが食事に誘ってくれたので、ご一緒させていただくことにした。

「食事に行く前に魔石の売却をさせてください」

リュックをハンナさんに渡し、魔石の買い取りをお願いした。

魔石を見たハンナさんと、ハリーさんが固まっている。

「昨日も驚かされたけど……これあんた一人で倒したのかい？」

「タクミ、どうやったらこんなに倒せるんだ？」

二人は驚いていたようだ。

俺は魔石の売却額として一九〇ゴールドを冒険者カードに記録してもらった。

まだ、驚きが冷めないハリーさんと一緒に、食堂へ向かった。


――食堂に着くとハリーさんが俺の分もあわせて注文してくれる。

「タクミは何歳なんだい？」

日本の頃の情報を晒《さら》したくない。今の容姿は童顔なので一五歳ぐらいの設定でいけるだろう。

「俺は一五歳です、五年前に来た異世界人のケンさんは何歳だったんですか？」

「ああ、ケンはここに来たときは二五歳って言ってたような……今は三〇歳ぐらいじゃないかな」

この世界に転移したときの年齢はバラバラってことか。

そんな話をしていると食事と木のジョッキに入っているエールが運ばれてきた。

ハリーさんと乾杯し、一口飲む。この世界のエールは、ビールよりも濃厚な香りでコクが深かった。贅沢を言わせてもらえば、冷えたビールが飲みたくなる。

「ケンさんってどんな冒険者だったんですか？」

「ケンは薬師になったよ。薬草を集め、ポーションを作って売る。この世界に来る前も薬を作ってたらしいぜ」

なるほど、転移前は薬剤師だったのかな。スキルの素はなんだったんだろう、他人のスキルの素って気になるな。

「ケンさんのスキルの素って、ハリーさん知ってます？」

「タクミ。この世界ではスキルの素を聞きまわると危険だぞ。最悪殺される」

「殺される!?」

「そうだ。スキルの素と職業がわかれば、どんなスキルがあるのか予想がつくからな。おまえを前にして言いづらいことだが、異世界人はやばい連中が多い。すぐ強くなるからな。傲《ごう》慢《まん》になってやりたい放題だよ」

異世界人の行動は容易に想像できた。ヤツらを相手に迂闊《うかつ》に動くと危険ってことだな。

ハリーさんからは、この辺の地理についても教えてもらった。

この国はメルキド王国。

王都はここから東にあり、王都に近づくほど街はどんどん大きくなっていく。

特権階級や貴族という存在はなく、王族だけだ。

各村や街は、それぞれの住民が長を決めて運営していて、一年に一回税金を王国に納めている。

その代わり、魔物が増えてきたときは王都の兵士が討伐してくれる。

そしてこのロゼッタ村は、王都から西にある。ここから西に進むと、未開拓な森で魔物しかいないらしい。

だから、ロゼッタ村の異世界人は、この村を出たら東に二日ぐらい歩いたところにある『バーセリー』という街を目指す。

俺の次の目的地はバーセリーになりそうだ。


――ハリーさんと食堂で別れ、転移してきた部屋に戻って来た。

この世界にいる一部の転移者達は、かなり好き放題しているらしい。正直その気持ちはわかる。

急に「おれ強ぇぇぇ」になり、警察もいなければ法律もない。

いや、あるのかもしれないが、異世界という場所、つまり他人の世界なので何してもいいという発想になるのだろう。

やはり、当面の一番危険な敵は魔物ではなく、理不尽な異世界人だな。

バーセリーへ行くなら何か対策が必要かもしれない。

そうだ、ハリーさんと話していて思いついたことがあったのだ。

俺は着ている服の色を『分析』スキルで表示した。

【色】白
【生地】麻

ここからだ。職業のハッカーを意識して、ステータス画面の『文字』を偽った情報に変更する。

服のステータスの表示だけ『色：黒、生地：絹』と偽るようイメージした。

──三分間イメージし続けると、俺の頭の中で何かを閃いたような感覚がした。

布を見ると白く生地は麻のままだったが、服のステータス画面を確認してみた。

【色】黒
【生地】絹

ステータス画面の文字は『色：黒、生地：絹』に変わっていた。

よし！　成功した！

早速ステータスを確認。

【名前】ナルミヤ　タクミ
【職業】ハッカー

【状態】ほろ酔い
【レベル】5（New）
【HP】50／50（New）
【SP】41／50（New）
【スキルの素】接触、文字、変更
【スキル】分析、改ざん、なりすまし（New）

よし！　ステータスに『なりすまし』スキルが追加されていた。

・『なりすまし』ステータスの表示内容を偽りの情報に変更できる。

このスキルは、『改ざん』スキルと違って文字数に制限がない。

そのかわり、変更されるのはステータス表示の内容だけで、実際の性能には何も影響しない。

俺は早速『なりすまし』スキルで自分のステータスを偽装《ぎそう》してみた。

【名前】ナルミヤ　タクミ
【職業】投手
【状態】ほろ酔い
【レベル】5

【ＨＰ】50／50
【ＳＰ】40／50
【スキルの素】投げる、曲げる、落とす
【スキル】ピッチング

とりあえず、侮《あなど》られ過ぎず、警戒もされ過ぎないような職業とスキルにした。
これで、もし鑑定系のスキルでステータスを見られても騙《だま》せるだろう。
もちろん、冒険者カードの職業欄も投手に変えてある。
これで異世界人と会うための準備は整った。明日、隣街のバーセリーへ行こう。

第３話　異世界人

――翌朝、まずは鍛冶屋に行き、ナイフを購入した。

そのあと道具屋でローブ、外套《がいとう》、腰袋、ゴム、ポーション二本と旅に必要な備品や食料品を購入。朝食を食べたら、手持ちのゴールドは無くなった。

ハンナさんにお礼とお別れをするため冒険者ギルドへ向かう。

「これ借りていた装備です。数日でしたが本当に助かりました」

「ああ、役に立ったんなら良かったよ。気をつけて行くんだよ」

馬車での移動を勧められたが、二日ぐらいの行程なので一人で魔物を狩りながら行くことにした。

さてと、装備の確認だ。

まずは武器。ナイフは武器としてではなく、便利なので持っているだけ。

メイン武器はスリングショット、またの名はパチンコだ。Ｙ字の丁度良い形の木を探し、木にゴムを付けた自作の一品。

それぞれ『改ざん』スキルで強化する。

ナイフは攻撃力を『3→9』、パチンコの木の部分は耐久力『2→9』、ゴムは伸縮性『2

↓9』、スリングショットの弾《たま》となる小石は攻撃力『1↓9』。

　照準を合わせるために、木に向かって試し撃ちをしたが、直径一〇センチの木の幹を貫通した。

　予想を上回る威力だった。

　強化石はSPが回復したら作成し、腰袋に入れていく。

　弾とスキル経験値が得られて一石二鳥だ。

　防御に関しては、ローブを選択。

　ローブは丈の長いゆったりとした衣服だ。ゲームだと魔法使いがよく着ている。

　鎧と違い全身を隙間なくカバーしてくれるのが選択した理由だ。

　ローブは『改ざん』スキルで防御力を『4↓9』にした。

　外套は環境や状況により使い分ける。普段は耐久力を『9』にし、暑ければ遮熱《しゃねつ》力を『9』、寒ければ内側の熱を逃さない断熱力を『9』に付け替える予定だ。これで旅は快適になるはず。

　他のアイテムも、SPが貯まれば『改ざん』スキルによる強化を繰り返しながら、バーセリーへと歩き続けた。


——夕方、歩いていると草が刈られ、整地された場所が見えてきた。

　あれはハリーさんから教えてもらった野営地だ。街や村をつなぐ道には、野営地があるらしい。

俺は地面から膝ぐらいまでの高さに伸びている金属の柱を見つけた。

ハリーさんの話だと、結界柱《けっかいばしら》と呼ばれ、魔石を入れると簡単な魔物除けの結界が張れるらしい。

結界柱の穴にゴブリンの魔石を三つ入れると、ヴゥゥゥン――という音とともに薄い光の膜が半円球に広がる。これで完全とはいかないまでも、ひとまず安心だ。

俺は焚《た》き火を起こし、小さな鍋に干し肉と水を入れ、火で温めた簡単なスープを食べて次の日に備えた。


――朝になり、昨日と同じようにバーセリーの街へ向けて出発する。

お姫様や商人の馬車が、盗賊や魔物に襲われているイベントを期待していたのだが……そんな期待は裏切られ、お昼にはバーセリーの街に着いてしまった。

街にこのまま入るには懐《ふところ》事情《じじょう》が寂しいので、俺は夕方まで魔物を狩ることにした。


――夕方、バーセリーの門衛に、冒険者カードを見せるとすんなりと街の中に入れた。

街は石造りの外壁で囲まれている。外から内側の様子は見えなかったが、中に入ってみるとロゼッタ村の一〇倍ぐらい人も家の数も多い。

人間だけでなく、耳の長い美形のエルフ、背の小さいドワーフも見かけた。

エルフとドワーフの容姿は、漫画やアニメの印象そのままだ。異世界から地球に広めたヤツがいるのではと疑ってしまう。

この街だけなのか、種族的なものなのかわからないが、階級的なものを感じる。

わかりやすく例えるなら、エルフは貴族、ドワーフはスラムの住人のような雰囲気だ。エルフが道を歩くと、人間やドワーフはビクビクしながら道の端《はし》に避けていた。

俺はかかわらないようにしながら魔石を売るために冒険者ギルドへ向う。

ハリーさんから聞いた話だと、冒険者ギルドはどの街も門から近い立地にあるらしく、簡単に見つけられた。

ギルドの中に入ると、夕方だからか受付カウンターの前には一〇人ぐらい並んでいる。俺は魔石買い取りの窓口に並んだ。

前に並んでいた四〇代ぐらいの、見るからに熟練の冒険者が話しかけてきた。

「おまえ見ない顔だな。どこから来たんだ？」

「ロゼッタ村からです」

「ロゼッタ村か。あの周りだとザコばっかりで儲《もう》からないからな。おまえ何ランクだ？」

さすが熟練。とてもエラそうな物言いだ。

個人情報を無遠慮《ぶえんりょ》に聞いてくるのはどうかと思ったが、この世界では常識の範疇かもしれないので、素直に答えることにした。

「Ｆランクです」

「エ、エフ、Ｆランクだって。あはははっ、その程度で出稼ぎのためにバーセリーに来るとか、おまえバカすぎんだろ」

　Ｆランクってそんなにバカにされるのか。

「悪いことは言わないからロゼッタに戻れ。この街は最低でもＥランクはないと死ぬぞ」

　少しずつ腹が立ち始めた。

「この辺の魔物なら簡単に倒せましたよ」

「まあまあ、強がるなって。おまえぐらいの歳だとイキる気持ちはわかるけどよ。無理すんなよ」

　心配して言っているのか、悪意で言っているのか、俺は冒険者との付き合いなんてハリーさんしかいないのでわからない。けれど、俺はこのおっさんのことが嫌いだってことは確定した。

　おっさんがＦランクと騒ぐから、まわりにいた冒険者の数人が、俺のことをチラチラ見て話している。碌《ろく》な話じゃないだろう。俺が不機嫌になったのを察したのか、それからおっさんは話しかけてこなくなった。

　――しばらくすると、受付の順番がまわってきた。

　受付の女性に冒険者カードとリュックから取り出した魔石を渡す。

「タクミ様ですね。魔石をお預かりします。――これ全てタクミ様が倒されたのですか？」

この二日間でスライム、ゴブリン、一角兎《いっかくうさぎ》、コボルトを狩り、合わせて五〇個近く魔石が溜まった。おっさんが少し後ろから俺の様子を伺っているのは気配でわかっていたので。

「この街まで移動しながらだったので、この程度ですが……」
とオッサンに聞こえるように言った。

チッ――と舌打ちが聞こえた後、オッサンの気配が遠ざかる。

ふふふっ、ざまあないな。この魔石の量がどの程度なのかわからないが、オッサンの期待を裏切ったのは間違いないだろう。

「Ｆランクでこんなにたくさん魔物を討伐するのはすごいですよ。コボルトもいますよね。……何か昇格したくない理由とかあるんですか？」

「ただ昇格条件を知らないだけです。どうすれば昇格できますか？」

「Ｅランクのクエストを三つ完了させてください。討伐クエストを一つ、他の二つはどんな種類のクエストでもいいです。それでＥランクに昇格できます」

「そんな簡単なことで良かったんですね。明日にでもクエストを受けてみます」

「他にもわからないことがあればお気軽にお尋《たず》ね下さい。こちらが魔石の買い取り代金の二五〇ゴールドになります」

冒険者ギルドを出ると、おっさんがパーティーメンバーらしきヤツらと話をしていた。

――ん？　エルフもいるのか。

かかわりたくないので通り過ぎようとしたとき、おっさんが話しかけてきた。

「おい待て、おまえ異世界人か？」

おっさんは、どこまでも無遠慮なヤツだった。

「………」

俺は状況を把握するための情報が欲しかったので、無言のままでいた。

「無言ってことは、おまえ異世界人だな」

おっさんが決めつけたように言い放つ。

高級感のある服で着飾ったエルフの男が、軽蔑《けいべつ》するような目つきで俺を見る。

「職業とスキルの素はなんですか？　速《すみ》やかに答えなさい」

その見下した口調に、俺は怒りよりも警戒の気持ちが強くなった。

「なぜ教えないといけないんですか？」

「ありがたく思いなさい。使えそうなら、私達のパーティーに入れてあげようと思ってね」

冗談ではない。いいように使われ、搾取《さくしゅ》され続ける生活しか見えない。

「お断りします。さようなら」

とにかくこの場から離れたかった俺はそう言い捨て、エルフの横を通り過ぎようとした。

しかし、おっさんが邪魔するように道を塞《ふさ》ぎ、自分のパーティーの方に顔を向ける。

「ヒロシ、どうだこいつ使えそうか？」

「いや、ダメだな。遠くから物を投げて戦う感じだ。ザコ相手にはいいが俺達には不要だな」

「チッ……やっぱり使えねーか。昨日のホコリまみれのヤツといい、ハズレばかりだな」

おっさん達は俺に興味を失くしたらしく、こちらを振り返ることなく街の奥の方へ歩いていった。

やっと目の前から消えてくれたか。

あのヒロシとかいうヤツ、名前からして異世界人だな。しかも鑑定持ちか。俺の装備の異常さには気づいてなかったな。念のため装備も『なりすまし』スキルで偽装しておくか。

俺は疲れたので、今日はもう宿屋で食事をして寝ることにした。


——朝、ベッドで目覚めた。

ロゼッタ村の部屋よりも布団の質が良く、ぐっすり眠ることができた。

一階は食堂になっていて味は不味くない。というより、この世界に来てから一番美味しかった。

昨日はおっさんとエルフのパーティーに絡《から》まれたが、とりあえずＥランクに昇格しとくか。

またバカにされるのも嫌だしな。


——冒険者ギルドに入り、クエストボードの前に立つ。

ちょうど良さそうなクエストを探していると、後ろから声をかけられた。

「あ、あの……ちょっとだけお時間もらえませんか？」

　振り向くと、頭から足までホコリにまみれた小柄な冒険者が立っていた。フードを被っているので性別がわかり辛いが、声の感じから女性か？　かなり疲れ切った顔をしている。

「なんでしょうか？」

「わ、わたしとパーティーを組んでもらえませんか？　お願いします。今は弱いですけど、この先成長して、きっと強くなる……と思われます。ダメでしょうか？」

　もの凄い勢いで、深々と頭を下げてくる。

「お、落ち着いてください。どうしたんですか？」

「わたしの職業では……パーティーを組んでくれる相手が見つからなくて……もう、どうやって暮らしていけばいいかわからなくて」

　答えはなんとなく予想できるが聞いてみるか。

「家族はどうしたんですか？」

「……いません。三日ぐらい前にこの世界に来ました。来た当初は他の人達とパーティーを組んでいたんですけど、わたしのスキルの素と職業がわかるとパーティーから外されてしまいました」

　予想通りの答えだった。

　正直、誰かとパーティーを組むのは面倒だ。一人で何も不自由してないからな。けど、この街にきた目的は異世界人に会うこと。そう考えると、これはまたとない機会だな。

「ちょっと食事しながら話を聞いてもいいですか？　俺もお腹減ってるんで。奢《おご》りますからこの街のこと教えてください」

「えっ——いいんですか！　ありがとうございます。実は昨日の夜から何も食べてなくて……わたしの知っている事ならなんでもお話しします！」

——俺達は街の中の公園に移動した。

スキルの話も聞きたかったので、適当に肉やパンを買って、公園の人気《ひとけ》のないベンチで食べることにしたのだ。

「お、おいしいです。……本当にありがとうございます」

「気にしないで、沢山買ったから好きなだけ食べて。あっ、俺はタクミです。名前からわかるとおり異世界人です。この隣の村に転移しました」

「やっぱりそうだったんですね。わたしはミアです。この街に転移しました」

——ん？　異世界人の識別方法があるのか？　気になったので聞いてみる。

「昨日、ギルドの外でエルフやおじさん達に、話しかけられていたのを見ました。実はわたしも同じように異世界人だろって話しかけられまして……」

「あっ、そういえばあいつら、昨日も異世界人をスカウトしようとしたって言ってたな。ミアさんのことだったんですね」

「はい。なぜか職業やスキルの素とか知られていて、大声でバカにされてしまいました。その後はどこのパーティーにも相手にされなくなって……」

　やはりあのヒロシってヤツは鑑定持ちだな。

「嫌だったら断ってほしいんだけど、ミアさんの職業、スキルの素、持っているスキルを教えてもらえないですか？　何か力になれるかも」

　ミアさんは頷き、ステータスを教えてくれた。

【名前】ホシノ　ミア
【職業】画家
・『素材』対象を素材にする。
・『特徴』特徴の効果。
・『表現』対象を表現する。
【スキル】
・『デフォルメ』素材の特徴《とくちょう》を誇張《こちょう》、強調して簡略化・省略化して表現できる。

　なるほど、確かに戦闘は厳しいな。かといって生産職としても微妙。

「もしかしてミアさん、あちらの世界では画家でした？」

「はい。美大で絵画を専攻してました。冒険者登録するときに、どの職業にもなれるって言われたので、憧れの画家で登録したんです。いろんな人からダメダメ言われましたけど、異世界だからこそ自分の好きなことをやりたかったんです。ラノベや漫画だと、異世界にくると自分の才能が開花して無双するじゃないですか。わたしも画家として、そんな展開になることに憧れちゃいました」

あれだけ不安そうにしていたミアさんが、このときは自信に満ちあふれていた。

「けど、魔物を一匹も倒せないぐらい自分が弱いだなんて……今はクリアできるクエストが、お掃除クエストぐらいしかないんです。報酬が安くて、食費ぐらいしか稼げなくてどうしようかと」

ミアさんの顔が、さっきまでの疲れきった表情に戻る。

異世界人の情報が聞きたいだけだったんだけどな。ミアさんの人生相談になってきた。

話を聞く限り、『ミアさん』と『職業』と『スキルの素』の組み合わせは悪くない。

いや、むしろかなり良いだろう。問題はスキルか……。

「ミアさん、実際に『デフォルメ』スキルって使ってみました?」

「もちろんです。言葉で説明するのは難しいんですけど、どんなものでも自分が感じるイメージをすんなり絵で表現できるんです。ちょっと病《や》みつきになる感じですね」

どんなものでも表現できる……だと?

俺は、ひとつのバカげたアイデアを思いつく。

「正直言うと俺はミアさんのことをまだ信用できていません。だから、俺のスキルのことはまだ秘密にしておきたいんです」

「はい。さっき知り合ったばかりですので当然だと思います」

「今から俺のスキルをミアさんに試したい。上手くいけばミアさんのスキルは大化けする……かもしれません。やってみますか？」

「……それは痛かったり、怪我したりしますか？」

怯《おび》えと警戒が混じった表情でこちらを見ている。

「いえいえ、成功しても失敗しても怪我や痛みを伴《ともな》うようなことはありません。だから安心してください」

「――わかりました。今のままでは先が見えています。私はこの世界を楽しみたいんです。タクミさんを信じます。私にスキルを使ってください！」

はっきりとした口調、俺を見つめる目には決意が込められていた。

うっ……重い。俺だって思いつきでしかないのだ。失敗する可能性の方が大きい。けど、今更止めましょうと言える雰囲気ではない。諦《あきら》めた俺はミアさんの右手を両手で包むように握った。

「え⁉　た、タクミさん？　あのぉ……」

「これから五分ぐらい、この体勢でお願いします」

ミアさんが顔をちょっと赤くしながらコクリと頷く。俺は目をつぶり『分析』スキルを使った。

【名前】ホシノ　ミア
【職業】画家
【レベル】1

【HP】10／10
【SP】10／10
・『素材』対象を素材にする。
・『特徴』特徴の効果。
・『表現』対象を表現する。
【スキル】
・『デフォルメ』素材の特徴を誇張、強調して簡略化・省略化して表現できる。

表示されたステータス画面は、予想通りの内容だった。

これならいけるかもしれない。俺は『改ざん』スキルを使った。


――『改ざん』は成功した。『デフォルメ』スキルの説明文を『表現→実現』に書き換えたのだ。

スキルの効果は『素材の特徴を誇張、強調して簡略化・省略化して実現できる』となった。

ミアさんにこのことを説明したら、ミアさんはキョトンとしていた。

「では、ちょっとスキルの効果を試してみましょう」

そう言って俺は近くに落ちていた木の枝をミアさんに渡す。

「はい？」

「木の枝を誰もいない方に向けて。それから木の特徴をイメージして、『デフォルメ』のスキルを木の枝に使ってみてください」

「す、すみません。ちょっと意味がよくわからなくて……」

困惑《こんわく》したような目つきで俺を見ている。

確かにいきなりこんなこと言っても意味わからんな。

ここは丁寧《ていねい》に説明しよう。

「木の特徴ってどんなことをイメージしますか？」

「えーっと、すくすく伸びていくイメージです」

「じゃあ、頭に白いキャンバスを思い浮かべて、木の枝を描《えが》いてください」

「……描きました」

「こんどは『伸びる』ってことを漫画やアニメのように、大げさな表現で木の枝に描き足してください」

「なるほど、アニメみたいに大げさにですね……」

声をかけるのが憚《はばか》られるぐらい、ミアさんは集中している。

――三分ぐらい経ったとき、ミアさんの持っている木の枝が淡《あわ》く光りだした。

ズヌッ、……グババハババッ
音と共に小枝がすごい勢いで伸びていく。

「ストップ、ストップ。ミアさん止めてください」

「はっ⁉　あわわわわわっ」

目を開けて、今の状況に気づいたミアさんは声を出して驚いていた。

イメージするのを止めたらしく、小枝は二メートルぐらい伸びて止まる。

「こ、これはどうなってるんですか⁉」

「ミアさんの『デフォルメ』スキルの効果ですね。思った通りの効果です」

「えぇぇぇぇぇ」

まだこれで驚かれては困るのだ。俺にはこの先のアイデアがある。

「では次のステップにいきましょう」

「ま、まだあるんですか⁉」

「もちろんです。次の実験の前に、さっきの木の枝を元の状態に戻してください」

「は、はい。えーっと、あっ、できました」

今度はすんなりと元のサイズに戻せた。

この異常な状態をだんだん受けいれられるようになったみたいだ。

「その木の枝が素材になるようイメージしてください」

「素材ですか？」

「そう素材です。その素材で木刀を作ると、持ち主の意思で木刀を自由に伸び縮みできるようになるイメージです」

「如《にょ》意《い》棒《ぼう》みたいな感じですね。……やってみます」

——三分ぐらいすると、ミアさんは俺の方を向いた。

「たぶんできたと思います」

ミアさんから渡された木の枝に意識を集中し、少し伸びるようイメージした。

グッググ……　木の枝はイメージ通り伸びた。

「うおおおおっ！　伸びた。伸びましたよ」

「す、すごいです。本当に伸びるなんて……タクミさん、本当にありがとうございます」

ミアさんの表情は、心の中に一筋の光が差したように明るかった。

「これで大丈夫ですね。では、俺はそろそろ帰りますね」

「——え？　ちょ、ちょっと待ってください。確かに凄いスキルになりました。けど、これでどうやってお金を稼げばいいんでしょうか？」

「木の枝を伸ばして、魔物を遠距離から不意打ちしてみるとか。そのスキルを見せれば、パーティーに入れてもらえると思いますよ」

「いえいえ、このスキルだけでは、どのパーティーも入れてくれませんよ」

どうしてだ。完全にチートスキルになったのに、振り出しに戻ったぞ。

「ミアさんは、そのスキルの凄さを理解していません。わかる人にはわかります。絶対にパーティーに欲しがります。凄さがわからないヤツなんて、むしろ相手にしない方がいいぐらいです」

「絶対にどのパーティーでも欲しがりますか？　タクミさんの言葉を信じていいですか？」

「はい。信じてください。絶対は絶対ですから」

「では、タクミさん。私とパーティーを組んでください」

――ん？　聞き間違いか。俺とパーティーを組みたいと言ったのか……。

「いや、俺は一人で気軽に――」

「さっき俺の言葉を信じろって言ったのに……『絶対は絶対ですから』って言ったのに……」

　この場を離れるために適当に言ったのが失敗だった。『絶対は絶対ですから』ってなんだよ。自分の首をどれだけ絞《し》めれば気が済むんだ。……こうなったら仕方が無い、ある程度自立できるところまでは面倒をみるしかないか。

「わ、わかりました。ではパーティーを組みましょう。最終確認ですけど、本当に俺なんかでいいんですか？」

「是非！　よろしくお願いします」

　最後の抵抗も無駄だったようだ。

　こうして俺とミアさんはパーティーを組むことになった。

　パーティーを組むには冒険者ギルドへの登録が必要らしい。

　クエストの結果はパーティー全員に記録されるからだ。

　さっそく俺達は受付でパーティーを登録する。

パーティー名は『アレンジ』。名前の由来は、俺達のスキルが、手を加えてより良くするという意味にぴったりだから。ミアさんのアイデアだ。俺も良い名だと思う。

クエストボードの前に立ち、Ｅランクに上がるためのクエストを選んでいると、遠くで声がする。

「おい、あいつらパーティー組んだみたいだぞ。Ｆランクの役立たず二人とか笑えるな」

「ドブネズミみたいな格好しやがって。間違って冒険者に狩られるなよ。ひゃははははは」

ミアさんの顔が少し強張《こわば》る。

俺はミアさんの右肩をトントンとたたき、笑顔を向けて気にするなと伝えた。

クエストは『ゴブリンの討伐（三〇匹以上）Ｅランク』『ポイズンフロッグの討伐（一〇匹以上）Ｅランク』『一角兎の討伐（二〇匹以上）Ｅランク』を受けることにした。

ミアさんは受けたクエストの内容を知ると。

「あの……そのクエスト、全てＥランクですが……。しかも三つも受けるんですか？」

「はい。Ｆランクのクエストはお使い系ばかりだったから。経験値がたまらないので、Ｅランクのクエストにしました」

ミアさんには早く自立してもらう必要があるからな。そのために冒険者ランクを上げるのは効果的だろう。

「大丈夫なんでしょうか？　わたしゴブリン一匹にも勝てませんけど」

不安な顔で俺を見ている。

「秘密兵器です。これで戦ってもらいます」

「これはなんですか？」

「はい。これ」


――その日の夕方、俺達は冒険者ギルドに戻って来た。

おっさん達はいなかったが、他の冒険者のヤツらが絡んできた。

「おいおい、Ｅランクのクエスト受けたんだって？　Ｆランクのクエストもクリアできないのにか？　くっくくく」

ひゃははは！　まわりのヤツらも笑っている。

「受付に用事があるので、どいてもらえますか」

そう言って、俺はリュックを受付のお姉さんに渡した。

「受けた三つのＥランククエストを終わらせてきました。魔石が入っているので確認してください。魔石は全て買い取りで」

リュックの中の魔石を全て確認し終えてから、受付のお姉さんは驚いた顔で俺達を見た。

「……クエスト分の魔石を確認しました。これは今日お二人だけで倒してこられたんですか？」

「そうです。これでＥランクに上がれますか？」

「はい。ＦランクからＥランクに上がるための条件は、Ｆランク以上のクエストを三つ完了させることです。おめでとうございます。本日三つのクエストを完了致しましたので、お二人ともEランクへ昇格となります」

俺とミアさんは冒険者カードを渡し、Eランクに更新してもらった。

冒険者ギルドの出口へ行こうとしたとき、絡んできた男が近寄ってくる。

「なんでお前ら程度がクリアできんだ。しかも一日とか絶対にズルしただろ。おまえら魔石を買ってきたんだろっ！」

「ハンズ落ち着けよ。ズルしてEランクになったのなら苦労するだけさ。俺達はそれを見て楽しめばいいだけだろ」

ハンズと呼ばれた男は納得いかない顔で俺を睨《にら》みつけたまま、仲間のところへ戻って行った。

ズルしたかどうかは、すぐにわかるさ。

俺はミアさんと報酬を山分けし、ここを後にした。

「なんなんでしょうか。あの人達」

ミアさんは怒っていた。

「まあ昨日までのわたしを知っている人は、驚いてもしょうがないんですけどね」

今度は笑っている。心に少し余裕が出来たのかもしれない。

「貸してもらったスリングショットと小石は凄いです。あんなに簡単に魔物を倒せるなんて。しかも遠距離から攻撃できるので怖くなかったです」

俺はミアさんに強化スリングショットをもう一つ作成し、強化石とセットで渡したのだ。

簡単に誰でも高火力を出せるので、討伐は簡単だった。

ミアさんが生活用品を買いたいというので、いくつかお店に寄ってから宿屋に向かった。

宿で部屋をとった後、食堂で食事をすることにした。部屋はもちろん二部屋だ。

「あんなにお金が無くて困っていたのに、食事と泊まるところの心配が無くなるなんて夢みたいです！」

「ははは、そういう面では日本よりも簡単に稼げるよね」

ふとミアさんを追放したパーティーについて知りたくなった。

「そういえば、この世界にきたとき一緒だったパーティーは何人組だったんですか？」

「わたしを含めて五人です。初日に冒険者登録して、みんなでクエストに行ったんです。私が戦闘向きのスキルじゃなかったので、みんなのお荷物になって……パーティーから外されちゃいました」

「他の人達はどんな職業だったんですか？」

「勇者が二人と聖騎士と賢者でした」

「――へ？」

「すごいですよね。そんな職業になるなんて……どんなスキルの素を選んだのでしょうか」

まさか、そういう認識なのか。

『スキルの素と相性の悪い職業を選ぶと、スキルが発生しない、または使い勝手の悪いスキルになる』ことを知らないのか……。

今思うと、俺のときもギルドマスターのハンナさんの説明だけだとわからない点もあったな。

……これは広めない方がいい。

「今日ミアさんに起きたことや、俺の戦い方のこと。職業やスキルとかも他の人には言わないようお願いします」

「はい。わかりました。絶対に言いません。自分達の危険につながる情報を隠すのはわかりますけど、どうしたんですか急に？」

俺は適当にごまかして、『スキル』『スキルの素』『職業』の関係をミアさんにも教えなかった。

異世界人はヤバいヤツらが多い。誰でも簡単に強力なスキルを得られるようにするのは危険すぎるからな。

――食事が終わり、手持ち無沙汰《ぶさた》になる。

「この後、お部屋で相談したいことがあるんですけどいいですか？」

「いいけど、先に汗を流してからでも良いですか？」

「はい。わたしもホコリだらけなので、その方が助かります」

「じゃ、ミアさんの準備ができたら俺の部屋に来てください」

俺は部屋に戻り、宿屋から借りた桶《おけ》とお湯で髪を洗い、身体の汗を拭いた。風呂に入りたい。

――服を着替えてしばらくすると、ドアがノックされる。ミアさんが俺の部屋にきたのだろう。「どうぞ」と言うと、一人の女性が部屋に入ってきた。

――え？　誰この人。

俺の目の前に現れたのは、和の雰囲気を持つ美少女だった。黒髪は結わえられているが、少し跳ねた髪束が優しく揺れる。彼女は恥ずかしそうに小さく笑った。

「あ、あのぉ、そんなにジロジロ見られると照れるんですけど」

「――ん？　えっ、ミアさん!?」

「はい。――え？　気づいてなかったんですか？」

「す、すいません。ホコリだらけだったというか、フードも被ってましたし。ちゃんと顔を見たのは初めてでして」

「そ、そうですよね。掃除クエストでホコリだらけになったままでしたし。あとは、そのぉ……あまりに汚れていたので、顔を見せるのが恥ずかしかったというか……」

その仕草がますます彼女を可愛らしく見せていた。

出会った頃は不安や疲れが全身から滲《にじ》み出ていた。無事クエストをクリアし、Ｅランクの冒険者になれたことで、自信を取り戻せたようだ。

じーっと俺が見ていると、ミアさんの頬が赤くなる。

「あ、あのぉ……」

「あっ、すいません。どうぞ。狭いけどベッドにでも座ってください」

「はい。それではおじゃまします」

なんだ、この気まずい空気は……。

「――実は、タクミさんにスキルについて相談したかったんです。食堂だと他の人に聞かれる可能性があるので」

「ああ、そ、そうですよね。どんな相談ですか？」

「えーっとですね。わたしのスキルをどうやったら活かせるか、ヒントというかアイデアを聞かせてほしくて」

「俺は芸術関係について疎《うと》いので、あまりお役に立てそうにないですけど」

「いえ。わたしのスキルはタクミさんのアイデアがあってこそです。芸術とは関係のない視点で意見を聞かせてください！」

そんな期待した目で見られてもなあ……俺はミアさんの『スキルの素』と『スキル』を思い出してみる。

【スキルの素】

『素材』対象を素材にする。

『特徴』特徴の効果

『表現』対象を表現する。

【スキル】

・『デフォルメ』素材の特徴を誇張、強調して簡略化・省略化して実現できる

『素材』のスキルの素は、『素材を対象にする』ではなく『対象を素材にする』となっている。

　だから、ミアさんは木の枝を自由に縮小できる素材にできた。

けれど、この『素材』が真価を発揮するのは『デフォルメ』スキルと組み合わせたときだ。

『デフォルメ』スキルは、素材にしか効果がない。

『素材』のスキルの素は、どんな対象でも素材扱いできる。

　つまり、ミアさんの『デフォルメ』スキルは、どんなものにもミアさんがイメージした特徴を付与できるということだ。

　ただし、『特徴を誇張、強調して簡略化・省略化して実現できる』ので、複雑だったり、複数のかけ離れたイメージを付与したりすることはできないだろう。

　この『素材』と『デフォルメ』は、どんなに低く見積もっても、その能力は世界を変えてしまう。恐ろしくて考えたくもないが、核ミサイル並の兵器もイメージできれば作れてしまうのではないか。蘇《そ》生《せい》できる薬とか……。

　俺が『デフォルメ』の『改ざん』を解除すれば、ミアさんのスキルは元に戻る。

だが彼女が素材化したモノの効果は、そのまま残るだろう。

だから、素材を作るときは俺の目があるときだけにしてほしい。

俺の説明を聞いたミアさんは、うつむいたまま考え込んでいるようだった。

「ミアさんが素材化したモノは、一度作ってしまうとミアさんの手を離れても使えます」

「はい」

「理不尽なヤツらが、その素材で作った武器を持つと、とても危険です」

「それはとても危険ですね」

「だから、このスキルは慎重に使う必要があります。スキルを使うときは、その用途を俺とミアさんでダブルチェックするのはどうでしょうか？」

「はい。良い案だと思います。こちらからもお願いしたいです」

ここからが本番だ。

俺には最優先で欲しいものがある。

ラノベ定番の収納アイテムだ。収納内部の時間を止められたら最高だ。

ミアさんの『デフォルメ』を安易に使うのは危険だ。

それはわかる。けど、そのリスクをはるかに上回るリターンがあるのだ。

「ミアさん、収納魔法とか収納ボックス、収納バッグって言ったら何をイメージしますか？」

「ラノベでよくある、異次元に収納できるから容量無制限、時間も止まるから料理も冷めないし腐らないって感じですね」

　最高だ。ここまでイメージできているなら話は早い。

「——それ、欲しくありませんか？」

「そ、それはあるとかなり便利ですね……作っちゃいます？」

『デフォルメ』スキルで、リュックを異次元収納できるよう加工してみることにした。

　——しばらくするとリュックが淡い光に包まれた。

「一応できたんですけど……どうしても入れたものを取り出せる理屈というか、イメージが湧《わ》かなくて。失敗してたらごめんなさい」

　早速リュックを開けてみると、きれいな虹色模様、シャボン玉の膜のようなものが見えた。とりあえず、強化石を一つ入れてみる。

　スッー、強化石は虹色の膜に吸い込まれた。

「消えた！」

　俺達二人は驚きの声をあげ、成功に喜んだ。

　けれど、俺達はこの虹色の膜に入れた強化石を取り出せなかった。虹色の膜に手を入れる勇気が出なかったのだ。

「こ、これに手を入れるのは厳しいですよね……」

「ミアさんの言うように、確かに取り出せるイメージがまったく湧かない。というよりも手を入れたら、その手が消滅するイメージしか湧かないです……」

　ミアさんにスキルを解除してもらい、リュックを元に戻す。

　強化石は戻ってこなかった。たぶんだが、異次元を漂ったままだろう……。

「ミアさんが確実にイメージできる収納アイテムってありますか？」

「……思いつきました！　ポケットタイプで外套の裏生地とかに付ければ便利だと思うんです。絶対にタクミさんも満足すること請け合いです！　これで作らせてください」

　まあ、そこまで自信を持って言うなら失敗することはなさそうだ。

　明日は、ミアさんのイメージしたものを作れる仕立屋を探すことにした。

第4話　四つの種族

――翌朝、俺達は朝食を食べた後、さっそく仕立屋を探すことにした。

「この街で腕の良い仕立屋を見つけるのって、わたし達では無理だと思うんです。ギルドに依頼を出してみませんか？」

たしかにミアさんの言うとおりだ。そもそもこの世界の技術水準が俺達にはわからない。何よりも街中を延々と探し続けなくていいところが素晴らしい。

俺達は冒険者ギルドの受付の女性に相談することにした。

「――ご依頼いただければお調べします。どういたしますか？」

なるほど、ギルドではなんでも依頼することができるのか。

さっそく依頼を出してもらった。依頼内容は、外套の内側に丈夫なポケットの作成。

成果報酬は五〇ゴールド。材料費は別途支払い。

俺はギルドへの手数料二〇％を合わせた、六〇ゴールドをギルドに預けた。

この報酬設定は、受付の人と相談したので、たぶん妥当なんだろう。

「タクミさん、この『廃坑の大鼠《おおねずみ》の討伐（一〇匹以上）Eランク』を受けてみませんか？廃坑なんてダンジョンみたいでワクワクしますよね」

自信のなさそうなミアさんの面影《おもかげ》は全く無くなっていた。というか、汚れを落として着替えた今は、見た目からして完全に別人。

別の街の冒険者ギルドなら、すぐにパーティーが見つかるだろう。

それから俺達はEランクの討伐クエスト『廃坑の大鼠の討伐（一〇匹以上）』を受けた。

ミアさんのレベル上げと、ゴールドを稼ぐためだ。

今の時点のレベルは俺が一〇、ミアさんは五まで上がっている。

念のためミアさんに強化ローブと強化外套を装備させた。武器は昨日に引き続き強化スリングショットと強化石で遠距離攻撃をしてもらう。


——廃坑入り口。

「タクミさん、廃坑へ入る前に一つ提案があります」

「はい。どうしたんですか？」

「戦闘中は一刻を争うので、普段から相手の名前を呼ぶときに『さん』付けを止めたいと思います。丁寧な言葉遣いもやめませんか？」

「確かにそうですね。俺も賛成です。では、ミアよろしく」

「はい。タクミもよろしく！」

「お、おう……」

なんか意外だ。急に呼び捨てにされて、「照れてしまいます……」みたいな反応があるのかと思ったんだけどな。

けど、ミアの視点から俺を見ると高校生の男の子なのか。年下だと思われている？　そう考えると、むしろこの口調の方が普通かもな。

「さあ、タクミ行きましょう！　宝箱もついでに探さないとね」

まさか宝箱目当てで、このクエスト選んだんじゃないよね？

「まあ、とりあえず行ってみるか。危険があったらすぐに撤退するからな」

――廃坑地下一階。

廃坑の中は蛍石《ほたるいし》という光る石が二メートル間隔《かんかく》で壁に埋め込まれ、ある程度の明るさが保たれている。蛍石はこの採掘場から採れるようで、岩石などが積み上げられている箇所の近くによく落ちていた。

ミアの『デフォルメ』スキルで照明器具などにできそうなので、いくつかリュックに入れる。

それから少し歩くと、腐った肉のような臭いがしてきた。ダメだ……俺はこの臭いに耐えられそうにない。風通しが悪く、臭いがこもっているのだ。

「ミア、危険な状態だ……毒ガスかもしれない。撤退《てったい》しよう」

「大丈夫。たぶん臭いの原因はアレだと思う」

ミアが俺の手を引っ張り、身を隠すのに丁度良い岩に身を潜《ひそ》める。ミアが指差す方を見ると、地面から三〇センチぐらいの高さに沢山の赤い光が動いていた。

目を凝らして見ると、六匹の大鼠が動物の死骸《しがい》のようなものを食いちぎっていた。

「スリングショットで攻撃。撃った後はすぐに隠れるぞ」

俺とミアの最初の攻撃で二匹を倒した。大鼠は仲間が殺されたとき、一瞬周りを見渡しただけで、すぐに食事に戻った。

臭《くさ》すぎる……こうなったらさっさと倒すしかない。隠れながら攻撃すれば襲われることはなさそうだ。俺達は同様の攻撃で残り四匹を倒した。

「ダメだ……もう限界だ。魔石を拾って撤退する」

「えっ、あと四匹でクエストをクリアするのに？」

「いやいや、別のクエストをクリアすればいいよ。だってキラキラが出ちゃいそうだし」

「なんですかキラキラって？　お掃除クエストはホコリや虫がすごくて……もっと過酷《かこく》でした。それでも男ですか、軟弱者」

……どっかで聞いたことあるような台詞だな。

これだからパーティーは嫌いなんだ。

「ごめん。最後の台詞は、一度言ってみたかっただけ」

くっ、あと五分だけ待ってやろう。それで来なければ、なんと言おうと撤退だ。

軟弱者って言われたからじゃないからな。さっさと帰りたいだけだからな……。

――ん？　俺は耳を澄《す》ませる……遠くでカサカサと足音のようなものが聞こえてきた。

俺は口の前に人差し指を立て、静かにするよう合図を送る。

奥の通路から大鼠が五匹やってきて、また動物の死骸を食べだした。

「おい、さっさとやるぞ。そしてすぐに脱出だ」

ミアはニヤッと笑い「はーい」と返事をした。

なぜだろうか、敗北感が半端《はんぱ》ない。

俺達は岩に隠れながら五匹の大鼠を倒す。近くに魔物がいないのを確認し、急いで魔石を回収して廃坑から出た。

今日のところは無理をせず、バーセリーの街へ戻ることにした。

――冒険者ギルドでクエスト完了の報告をしたとき、俺達はかなり危険な状況だったと教えられた。大鼠は大群でいることが多く、罠を仕掛けないで討伐するなんて自殺行為らしい。

俺達が大鼠を狩っていた場所は、先に誰かが大鼠用の罠をしかけて狩りをしていた場所だったようだ。

今回はその偶然《ぐうぜん》に救われた。あの強烈な臭いは、大鼠を呼び寄せるための罠が発していたらしい。

俺達は魔石を売った一一〇ゴールドとクエスト報酬の一〇〇ゴールド、合計二一〇ゴールドを山分けした。

あの危険《ニオイ》を考えると割に合わないクエストだったな。

帰ろうとしたとき、受付の女性に呼び止められた。

「タクミ様が依頼された仕立屋の件、応募がありました」

「え、早いですね。どんな方ですか？」

「腕は確かなんですが……ドワーフなんです」

「ドワーフというと鍛治屋って感じですよね。手芸もいけるんですか？」

「ドワーフは鍛治だけではなく、アクセサリーの作成や手芸にも秀でてます。ただ、ドワーフのことを嫌がる人もいらっしゃいますので……どうされますか？」

「種族的なことはまったく問題ありません。それよりも技術的なことを確認したいので、その方と会えますか？」

「もちろんです。こちらが連絡先になります。マルルさんというドワーフの女性の方です」

　俺達は冒険者ギルドの出口へ向かうと、冒険者達の声が聞こえてきた。

「あれって、Ｆランクのヤツだよな。あの美人って、もしかしてあのドブネズミか？」

「おまえ知らないのか？　昨日、Ｅランクに上がったんだぞ」

「マジかよ。誰だよ、あの女は寄生虫って広めたヤツ。Ｆランク二人でいきなりＥランクになれるわけないだろ」

　一人の男の冒険者が席を立ち、ミアに向かって歩いてくる。

「もし良かったら、俺達のパーティーに入らないか？　『紅蓮《ぐれん》の剣』というＤランクのパーティーだ」

「――え？　あ、ありがとうございます。けど、もうパーティーに入っていますので」

　この男、俺を完全に無視してミアに話しかけていく。

「俺達はもうすぐＣランクにあがる。そうしたら王都で活動する予定だ。こんな田舎にずっといたくないだろ？　それにＣランクになればお金も儲かるし、生活も豊かになる。こんなチャンスはなかなかないよ」

「今のパーティーに満足しているので、申し訳ありませんがお断りします」

「――君は来たばかりの異世界人だからわからないようだね。そこの彼のような弱くて頼りないメンバーと一緒にいるとすぐに死ぬんだよ。だから……」

　男の話は止まらない。ミアの目が、どんどん冷たい目つきになる。

「ミア、そろそろ行くぞ。申し訳ないが、彼女はあなたのパーティーには入らないそうだ」

　俺はミアの手を引き、出口へと歩き出す。

「待てよ。まだ話してる途中だぞ！」

　男が追おうと歩き出したとき、床を踏み抜き、地面にスポッと下半身が落ちる。ギルド内は嘲笑《ちょうしょう》がおこり、わらわらと人が集まる。俺達はそれを気にせずこの場を後にした。

　――冒険者ギルドの外に出ると、くすくすとミアが笑い出す。

「あれ、タクミでしょ？」

俺のスキルについては、廃坑からの帰り道に話した。

「……知らないぞ。床が腐っていたんじゃないのか」

俺は『改ざん』スキルを使い、右足で床の耐久力を下げただけだ。踏み抜いたのはアイツだ。

「よかったのか？　Eランクの美人冒険者を探しているようだったけど」

「タクミがわたしでも、あのパーティーに参加しないでしょ？」

美人冒険者の部分は否定しないのね。

「タクミさんは軟弱者らしいけど？」

「あれは冗談よ。わたしは人を見る目に自信があるの」

「この世界にくるとき選んだパーティーに、捨てられたのは誰だっけ？」

「あのときは……目にゴミが入っていたのよ。……タクミはもっと自信を持つべきよ。わたしがタクミを選んだんじゃない。タクミのおかげで、わたしはここに居られるんだから」

俺達は一度宿に戻り、汗を流して軽く食事をしてからマルルさんに会いに行った。


――連絡先に書かれている住所のお店は、街の南西にあるスラム地区の近くにあった。

お世辞にも綺麗《きれい》とはいえない建物で看板はなかった。

この街でのドワーフへの扱いを考えれば、予想通りといえる。

俺はドアをノックした。

「マルルさん、いますか？　冒険者ギルドでクエストを依頼したものです」

扉の奥からガタッ、トットットット──と歩いてくる音がした。

扉が開き、赤茶色の髪を後ろに束ねたドワーフの女性が出てきた。身長が一四〇センチぐらいと低めだが、出るところは出ている。それにしても露出度の多い服だな。

「ボクがマルルだよ。冒険者ギルドのクエストの人かな？」

ロリ巨乳のボクっ子で、かわいいときたもんだ……異世界人に攫《さら》われないか心配になる。

「はじめまして、タクミといいます。こちらの注文通りに外套にポケットを作れる人を探していいます。正式に依頼する前に、マルルさんの作品を見せていただくことはできますか？」

「もちろん。どうぞ中に入って！」


──俺達はお店の中に案内された。

「これが今ある作品だよ。見たり触ったり、ご自由にどうぞ」

服やぬいぐるみ、アクセサリーまであった。

正直舐《な》めていた。緻密《ちみつ》な縫《ぬ》い目、材質も高級感があった。

「これは決まりですね。手縫いでこの緻密さとかすごいですよ」

ミアが太鼓判を押す。これは決まりだ。マルルさんにお願いしよう。

早速ミアがポケットの形、外套に付ける場所などをマルルさんに説明する。

「これならすぐにできるよ。他に希望はある？」

「希望はミアの指示通りでお願いします。可愛くするとかのアレンジは無しで」

ミアのイメージと一致することが一番大事なので、これについてはきっちりと伝えておく。

その他の詳細については、ミアとマルルさんで詰めてもらう。

材料費はサイズが小さいので、四〇ゴールドでいいそうだ。

予算的にも問題ない。注文書にサインして無事依頼できた。

「ポケットを付ける外套はこの二着っと。明日の夕方にはできると思うから、そのぐらいに来てよ」

「そんなに早くできるんですね。助かります。あっ、腕の良い鍛冶屋があれば紹介してもらえませんか？」

俺は近距離戦用の武器が欲しかった。腕の確かなドワーフの鍛冶職人は、冒険するには欠かせない存在だ。いろいろ相談したいこともある。

腕の確かなマルルさんのお眼鏡にかなう職人であれば、間違いはなさそうだし。

「うーん。ボクが知ってるのはドワーフだけど大丈夫？」

「はい。むしろその方が信頼できます」

「――人間はみんな嫌がるのに変わってるよね。ボクの父なんだけど、腕は保証するよ！」

マルルさんの父で名前はククト。凄腕の鍛冶師らしい。

この建物の裏に工房を構えているので行ってみることにした。

マルルさんはこれから依頼した製作に入るので、ここで別れた。

——マルルさんの家を出て、ぐるりと外から裏に回ると工房があった。

二階建ての家で、一階部分を工房にしたような建物だ。

二つある煙突から煙は出ていなかった。もしかして不在かな……。

「ククトさん、いますか？　マルルさんの紹介で来ました」

——ん？　誰もいないのか。

もう一度呼んでみた。すると扉が勢いよく開く。

「なんでぇ、ワシになんか用か⁉」

「あっ、忙しいところすみません。武器を作ってもらいたくて来ました」

「つまらん、そんなつまらんことやらんぞぉ。剣、槍、盾、鎧とか、もうつまらん。ワシ、飽《あ》きちまった。だから帰れっ！」

え、何この人。怖いんですけど……。仕事と趣味がイコールのタイプだな。

「これを見てもらえますか？」

それならばと俺はミアが『デフォルメ』スキルで素材化した木の枝を見せた。

「——ただの木だな。それがどうした」

ククトさんの目の前で、俺は木の先端を一メートルほど伸ばした。

「おおおおおおっ、なんじゃこりゃ‼」

「すみませんでした。つまらない話だったようなので帰りますね」

「ちょ、ちょっと待て。ワシにその木を見せてくれ」

ふふふ、かかったな。意外とチョロかった。

俺は木をククトさんに渡した。

ククトさんは木を伸び縮みさせた後、突きのタイミングで伸ばしたり、振り下ろす途中で伸ばしたりと、戦闘をイメージしながら効果的な使い方を模索《もさく》しているようだった。

「ふぅ、疲れた。けど、これ面白れぇな。この素材で武器作りたいんだろ？　まぁ、ここでは落ち着かん。ちと汚いが工房に入ってくれ」

――工房の中は、四人用のテーブルのまわり以外は武器や鍛冶に使う工具などで溢《あふ》れていた。

「で、ワシに何を作って欲しいんだ？」

「俺とそこにいるミア、それぞれに合う武器を作ってもらいたいんです」

「武器の種類と素材は？」

「俺達は冒険者になりたての素人《しろうと》です。自分に合う武器が何かもわからない。けど、さっきのような素材を用意することはできます。だから自由な発想で俺達に合う装備を作ってくれる人を探しています」

「……お主らを見て、どんな素材でどんな武器を作るのか、ワシに考えろってことか？」

「それぐらいの職人じゃないと、俺達が用意する素材は任せられないですから」

「あれは古代文明のアーティファクトか何かなのか？　……たしかに、あんな素材を用意できるんなら、言われたことしかできない職人だと話にならんな」

「ククトさんどうですか？　ちなみにマルルさんには別の仕事を依頼させてもらいました」

「む、娘にか!?　なら、ワシにもやらせてくれ。絶対に満足できるモノを作ってやるっ！」

こうして、ククトさんに装備の製作を依頼することになった。

――翌日
ククトさんが俺達の戦い方や動きを見たいというので、一緒に狩りへ出かけた。

俺とミアでゴブリンとコボルトを二〇匹近く倒した。

その戦い方を見て、ククトさんは驚いていた。

「そのスリングショットとか言う武器はエグいのぉ」

「はい。武器も凄いですけど、タクミの方がもっとエグいです」

「なんと！　タクミはもっとエグいのか？」

エグいエグいと、この二人はさっきから何を言ってるんだか。

ククトさんからもう大丈夫と言われたので、俺達はバーセリーの街へ戻ることにした。


――バーセリーの街に入ると、冒険者ギルドで絡んできたおっさん一行がいた。

俺達を見るなり、おっさんが近寄ってきた。

「おいおい、今度はドワーフと一緒か？　使えない異世界人と卑《いや》しいドワーフ。お似合いのパーティーだな。あははははっ」

今はククトさんと一緒だ。迷惑をかけないよう穏便《おんびん》に済ませたい。

下手に出つつも、情報を引き出すか。

「その……おじさん達が凄腕のパーティーって聞きました。俺らの目標にしたいので、おじさん達のパーティーのランクを教えてもらえませんか？」

「俺達を目標に、だって？　おまえらごときが無理に決まってんだろぉ！　まぁランクぐらい教えてやるよ。Cランクだよ。パーティー名は『精霊の狩人《かりゅうど》』だ」

「俺らもCランク目指してがんばります。それでは失礼します」

そう言って俺達は冒険者ギルドへ向かった。

後ろで笑い声が聞こえたが無視する。

「ククトさん、先程は大変失礼しました。あの人達も一応人族ですけど、わたしやタクミと一緒にしないでくださいね。タクミがそのうちやっつけるので、少々お待ちください」

おいおい。俺に世直しの趣味はないぞ。

「はははっ、ワシは大丈夫だぞ。あんなの気にしておらん。時間の無駄だ。さて、ワシは帰ってマルルと工房で待つ。今日納品なんだろ？」

今日はマルルさんに頼んだ外套の納品日なのだ。

ククトさんと別れた後、俺達は冒険者ギルドで魔石を売却した。

それから宿屋で汗を洗い流し、工房へ向かう。

――ククトさんの工房へ向かう途中、俺は事前にミアと相談したいことがあった。

「ミア、俺達のスキルのことをククトさん達に一部話してもいいかな？　重要なことは隠すけど」

「わたしもその方がいいと思っていたの。あの二人は信じられるわ。大丈夫、わたし人を見る目には自信があるの」

「――――わかった」

正直『精霊の狩人』にはムカついた。俺とミアだけでなく、ククトさん達の力も思い知らせてやらないとな。

――ククトさんの工房に着き、ドアをノックすると、すぐに家の中に招いてくれた。

今日はお茶が用意されていた。

「早かったな。では早速といきたいところだが、その前にマルルの納品から済ませよう」

「タクミさん。ジャジャーン！　はい、これです」

マルルさんから二着の外套を手渡された。早速、外套の内側を確認する。

俺とミアは声を出して驚いた。予想以上の完成度だった。ポケット自体の作りの良さはもちろんだが、ポケットは取り外しが出来るようになっていたのだ。外套を買い換えたとき、簡単に取り付けできるように工夫されていた。

なんかアニメや漫画で見たことあるモノに似ているんだが……。

「マルルさん完璧です！　この取り外しできるところなんて、本当に驚きました！」

ミアの後に続くように俺も褒める。

「縫い目がまったく見えない。どうなっているんですか？　さすがの技術です！　マルルさんと出会えて本当に良かったですよ」

ミアがすごく興奮してマルルさんと握手していたので、俺も握手する。

「へ？　あっ――そ、そんなに喜んでくれるなんて、う、嬉しいよ」

マルルさんは、褒められすぎたせいか、照れて頬を赤くしていた。

「ミア、早速ここでやってみないか？　ククトさん達にスキルのことを理解してもらうのに丁度いい」

「――ん？　ここで何をするんだ？」

ククトさんが首をかしげる。

俺は一度姿勢を整えてから、ククトさんとマルルさんの顔を見る。

「俺達はククトさんとマルルさんを信頼してます。これから見聞きしたことは秘密にしてください。今から俺達のスキルをここで使います」

みんなの顔つきが真剣になった。

ククトさんとマルルさんには、俺達のスキルのことを知ってもらった方が、より最高のモノが作れること。そして今後も引き続き協力してほしいことを伝えた。

「わかった。ワシら親子を信じてくれ。絶対に誰にも言わん」

「ボクも絶対に誰にも言わないよ。約束する」

俺は頷き、ミアに外套を渡して『デフォルメ』スキルの使用をお願いした。

ミアは両手で外套の内側に着けたポケットに手を沿える。そして、目を閉じて祈るようにイメージを込めた。

淡い光がポケットを包む。そしてミアが俺に向かって微笑《ほほえ》んだ。

「できました。今回は自信があります！」

ミアは、腰袋から強化石を取り出し、外套の内側にあるポケットに入れようとした。するとポケットより明らかに大きな強化石が、ポケットに吸い込まれるように消える。

「「へ？」」

今度は手をポケットに突っ込み、引き抜く。その手には強化石が握られていた。

「「えぇぇぇぇぇぇ‼」」

驚いている二人を置いて、俺はミアに賛辞《さんじ》を送る。

「ミア、すごいよ！　完璧だ！」

「おーほっほっほ。もっと褒めてもいいわよ」

ククトさんとマルルさんが、空気を読めず「どうしたの？」って感じの目線をミアに送る。

「こほん。冗談はさておき、今回は凄くしっくりきました。やっぱりスキルの対象がイメージと近いのが大事ですね！」

ミアは何事もなかったかのように、会心の出来に喜んでいた。

「ち、ちょ、ちょっとまってくれ。石が消えたり出たり⁉　あのポケットはどんな素材なんだ。ありえないぐらい伸びたぞ！」

目を白黒させながらククトさんが叫んでいる。

「ミア、外套を貸して。今度は俺がやってみるよ」

俺はククトさん、マルルさんの二人に向かって言った。

「説明するのでよく見てください。この『収納ポケット』には、どんな大きさのものでも入ります。収納ポケットに入れたものは、中で時間が止まります。淹《い》れたての熱い茶を収納ポケットに入れて、翌日取り出しても熱いままです」

テーブルの上にあるお茶と強化石を収納ポケットに入れてみせた。

その後、強化石とお茶を取り出した。

「こ、これは収納の魔道具か？」

「違います。魔石は不要です」

「「アーティファクトだ‼」」

ククトさんとマルルさんは絶叫した。

アーティファクトが何を意味するのかは知らないけれど、きっと凄いものなんだろう。

俺達のスキルのヤバさが理解しやすいのなら、その方向で説明してみるか。

「はい。ミアのスキルはアーティファクトのアイテムや素材を創れます」

「そ、そんなの、神の御業《みわざ》だ。これは誰かに知られると危険だ。絶対に知られたらダメだ」

「はい。ククトさん達を信じてますよ。あと、あの剣をちょっとお借りしてもいいですか？」

俺はククトさんに許可をもらい、近くのショートソードを手に取り『分析』スキルを使う。

【名前】鋼のショートソード
【攻撃力】15
『改ざん』スキルで攻撃力を『15』から『95』に変更した。

強化ショートソードをククトさんに渡し、切れ味を確認してもらう。

ククトさんは、近くの鉄に刃をあてる。

すると、温めたナイフでバターを切るように、スッと鉄が切れた。

「ステータスをちょっとだけ変更できるのが俺のスキルです」

「「神の御業‼」」

ククトさんとマルルさんは驚きすぎたのか、崩れ落ちるように椅子に座る。

頭の中を整理するので少し待ってくれと言われた。


――こいつらはなんだ。おかしすぎる。

今、目の前で神の御業といっても過言ではないスキルを見せられた。

あまりにも強力。だが、それと等しく危険なスキルだ。

この二人は、ドワーフのワシらとまったく差別なく接してくれる。

そして、こんな重要なスキルのことを信頼して教えてくれた。

ワシはどうやって報《むく》いればいいのだ。

娘のマルルも同じ気分だろう。

ワシらは職人だ。だから最高のモノを造ることが一番の報いだろうな。


――ククトさんが頭を上げ、俺の方に身体を向ける。

どうやら頭の中の整理は終わったみたいだ。

「タクミよ。お主、魔法は使えんよな？　あと、ステータスは複数の属性を変更できるのか？」

「魔法は使えません。変更できる属性は一つだけです。だから攻撃力と耐久力の両方を上げることはできません」

ステータス表示を『一文字』しか変えられないことは、とりあえず伏せておく。

「わかった。装備の製作から強化まで、お主らは協力するってことでいいんだな？」

ククトさんが覚悟を求めるような目で俺とミアを見る。

「「はい」」

俺達は迷いなく応えた。

ククトさんとマルルさんから笑みがこぼれる。

「よしっ！　お主ら、工房の二階は部屋がまだ空いておる。今日からしばらくここに住め。装備ができるまで手伝ってもらうぞ」

「わかりました。では、一度宿屋に戻って荷物を持ってきます」

こうして俺達の装備作りが始まった。

――俺達がククトさんの工房に住み込んでから初めての朝。

朝食はミアとマルルさんが作ってくれた。二人とも料理が上手で、とても美味しかった。

こんな家族団らんのような朝は、日本で暮らしていたときも含めて久しぶりだった。

「さてと、まずはタクミの武器から作るか。ワシもいろいろ考えがあったんだが、お主らのスキルを聞いて考えが変わった」

ククトさんは俺とミアを見てから確認するように聞いた。

「お主らは異世界人で間違いないな？　そしてお主らのいた世界は、この世界よりも文明が進んでいる。あってるか？」

俺達は頷いた。

「うむ。それなら話は簡単だ。そっちの世界で最強の武器を、ミアの『デフォルメ』スキルで実現すればいい」

「確かにそうなんだけど、俺達の世界の強い武器は基本的に遠距離攻撃なんです。弾数に制限があるから、近距離武器もほしいところです」

　ククトさんが少し悩んだ後、口を開く。

「透明な剣、伸び縮みする剣、何でも切れる剣、魔法を弾く剣とか、こっちの世界には存在しないようなモノはないのか？」

「絶対に切れる剣や透明な剣って、漫画やアニメで見たことあるんですけど、わたし達にはあぶないかもしれません。相手を斬る前に、別の大事なモノを斬っちゃいそうです」

　ミアさん、なぜ俺を見るんですか？

　とても良さそうな武器だけど、実際使うとなると確かに未熟な俺達には危ないかもな。

「あと、剣って重いですよね。タクミは大丈夫だと思いますが、わたしは振り回せないかもしれません」

「なるほどな。でも刀身がある以上、ある程度は重くなるんだよな」

　俺の発言からしばらくすると、ミアが急に立ち上がった。

「あっ！　思いつきました。刀身の部分がレーザーというか、ビームみたいに伸び縮みする剣なんてどうでしょうか？　イメージもバッチリです‼」

　ミアは少し興奮して目を輝かせている。

「おおおっ、それいいね！　光刃の部分をスイッチで入り切りできたら安全で持ち運びしやすい。なによりカッコイイ！」

「そう、カッコイイですよね！　軽そうですし、わたしでも振り回せると思うんです」

「おいおい。お主らだけで盛り上がりおって。ワシらにも教えろっ！」

ククトさんが堪《たま》らず聞いてきた。

俺はミアにスケッチを描いてもらい、ククトさんに光刃《ライトセーバー》の剣について説明する。

「これは剣なのか？　ワシはこのグリップのところを作ればいいんだな。軽くて頑丈な素材で、光の刃がでるところはＳＰ変換の宝石を付けるか」

――ん？　なんか気になる単語が出てきたぞ。

「ＳＰ変換の宝石ってなんですか？」

「ＳＰをエネルギーに変換する宝石だ。名前は『ウレック石』という。ＳＰを多く注ぎ込めば、それだけエネルギーの出力が上がる」

「ＳＰを使うことで、威力が増したり、光の刃の部分が伸びたりすると便利ですね」

ククトさんは頷き、いたずらっ子のような表情をした。

間違いなく魔改造する気だ。

「遠距離攻撃用の武器はとりあえずおいといて、次は防具だな。何かアイデアはあるか？」

――防具について、まず俺から意見を出した。

「武器が光刃《ライトセーバー》の剣だと、盾は持ちたくないかな。個人的にはバリアみたいのが最高なんだけど」

ミアは少し恥ずかしそうに、ちょこっと手を上げた。

「あの、思いつきました。ちょっと言いづらいんですけど……」

「大丈夫だよ！　ミアはセンスが良いから自信もって！」

　マルルさんのミアに対する期待が凄い。

「……『心の壁』をバリアにするのはどうでしょうか？」

「心の壁？」

「はい。昔、あることがきっかけで自分にとても自信が持てなくなった時期がありまして……。そのとき仲の良かった友達から、『今日もバリア張ってるよ。拒絶してる感じが出ちゃってる』って言われたことがありました。わたし自身も『誰からも話しかけられたくない』『近寄ってこないで』って、バリアを張ってるイメージだったので、『デフォルメ』スキルで実現できるかなと……」

「拒絶する気持ちをバリアにするってこと？」

「そう、そんな感じです！　言葉にすると、まさにそんなイメージです」

　それができるなら、予備動作無しでバリアを張れる。かなり強力な防具になるな。

「おいおい、ワシらにも詳しく教えろ」

　またもやククトさん達を置き去りにしてしまった。ごめんなさい。

　俺達は『心の壁』のバリアについて説明した。

「ワシらにはさっぱりわからん……」

　こればっかりは、実際に見せることができないので説明が難しい。

まあ、ミアさえイメージできればなんとかなるから、話を進めるか。

「身につけられるモノで、強烈に心の壁を感じられるモノ。何か思いつく？」

「……プロポーズして断られた婚約指輪とか？　……想像しただけで少し涙が……」

俺が装備したら、精神にダメージを受けるとかないだろうな……。

詳細については、作るときに試行錯誤《しこうさくご》することになった。

バリア以外にも実際に着用する防具も必要だ。

それについては既にアイデアがあった。

冒険や街歩きでも使える服を『改ざん』スキルで強化する。そうすれば軽くて疲れない。けど鎧よりも防御力がある防具になる。

俺の『改ざん』スキルは、ステータスを一文字しか変更できない。一桁では、最大でも防御力が９にしかならないから、防御力が二桁の服を作ってもらうか。

「ククトさん達は、作ったモノの性能ってわかるんですか？」

「ああ。わかるぞ。我々ドワーフの恩恵《おんけい》だ。ドワーフの恩恵は三つ。『鍛冶』『加工』『目《め》利《き》き』だ」

それぞれの効果について教えてくれた。

・『鍛冶』金属を鍛錬《たんれん》して製品を製造する。
・『加工』手を加えて性能を強化する。
・『目利き』物の価値、真贋《しんがん》などを見分ける。

「おおおおっ、すごい能力ですね！」

恩恵はドワーフ族なら全員が得られる。職業の固定スキルは、恩恵とは別に得られるらしい。

ちなみに、ククトさんの職業は『上級鍛冶師』でスキルは『錬成』。

マルルさんは『上級技巧《ぎこう》師』でスキルは『付与』だ。

『錬成』は金属の強度や質を上げる。『付与』はその素材に合う特性を追加出来るそうだ。

その後も装備のアイデア出しはお昼まで続き、俺達の装備は決まった。

・光刃の剣《ライトセーバー》
・心の壁バリア用のアクセサリー
・冒険や街歩きでも着られる服の上下
・毒耐性、麻痺耐性、精神攻撃耐性のあるアクセサリー

製作に必要な素材は、ククトさんとマルルさんが持っている素材で足りるらしい。

本来なら希少な素材が沢山必要だけど、俺達のスキルを使って素材を用意した方が、はるかに高性能になると言われた。

それから工房にこもって、試行錯誤を重ねて装備を作り続けた。

――二ヶ月後。

「で、出来たぞ。やっと全て完成した。も、もうダメだ。ワシは寝るぞ……」

「ぼ、ボクも、もう無理……」

ククトさんとマルルさんは、そう言うと床やテーブルで寝てしまった。

「もう……しょうがないわね。二人に何かかけるモノもってくる」

ククトさんとマルルさんは、鍛冶に加工と、試行錯誤をひたすら繰り返していた。

俺とミアは、素材作成と最後のアーティファクト化だけだったので、わりと元気なのだ。

みんなが起きたときに、完成祝いができるように酒や食料をミアと買い出しに行くことにした。

――バーセリーの街中を歩いていると、知り合いの冒険者パーティー『ラノベ愛好会』に出会った。名前からわかるとおり、異世界人で編成された六人組のパーティーだ。

しかも俺とミアと同じ時期にこの世界にやってきた同期だ。何度かパーティーに入らないかと誘われたが、俺は単独《ソロ》が好きなので遠慮《えんりょ》させてもらった。別に人見知りだからではない。

「おっ、タクミとミアちゃん、久しぶり！　ミアちゃん、相変わらずかわいいね。早くこのヤローを捨てて、こっちにおいでよ」

「そうしたいところですけど、わたしが見てないと堕落《だらく》した人生を送りそうなので、更生《こうせい》するまでもう少しいてあげないと……」

俺は何かの中毒者なのか？

「そうだ。この前タクミから買わされたドワーフ製の武器、あれはヤバいな。もう他の武器なんて使えないよ。なんてモノを紹介してくれたんだ」

「人聞き悪いぞ。嫌なら返せ」

「いやいや、むりむり。おかげでDランクになれたよ。約束通り、ククトさんの工房とマルルさんのお店を、同期の冒険者達に紹介しておいたぞ。そのおかげで、みんなDランクになっちまったけどな」

「ああ、ククトさんとマルルさんが悲鳴をあげてたな。今後もご贔屓《ひいき》にお願いします」

　ドワーフ製の武器や装備品の素晴らしさを周知するために、彼らにククトさんとマルルさんの装備品を使ってもらったのだ。こんな忙しいときに、仕事持ってくるなと怒られたけど、冒険者から使い勝手や感想を聞いている二人は、とても嬉しそうだった。

「そういえば、おまえ達はまだEランクなんだって？　なんで昇格クエスト受けないんだ？」

「目立ちたくないんだよ。エルフに目を付けられるからな」

「ああ……なるほどな。この前、王都から来た冒険者に聞いたんだけどよ、俺達の同期でSランクになったヤツがいるらしいぜ。しかもタクミと違って本当にソロ専らしい。二つ名が『死神』だってよ。一緒にクエスト行くと、そいつ以外は生きて帰ってこないんだと。絶対にチートスキル持ちだな」

　どんな完全犯罪すると、その状況で捕まらないんだよ。

王都に行くことはないと思うが、絶対にかかわらないように気をつけないとな。

その後も少し雑談を交わして、俺達は食料品が買えるお店に向かった。

――夕方、俺とミアが打ち上げ用の料理を作っていると、みんな目を覚まし始める。

「おっ！　なんかいい匂いが……」

「あれ……料理してくれてたんですか？」

「あっ、起こしちゃいました？　これから装備完成のお祝いをしようと思って。だからテーブルの上を片付けてくださいね」

俺とククトさんは掃除。ミアとマルルさんは料理やお酒の準備をした。

――準備が終わり、全員が席につく。

ククトさんの合図で乾杯し、自然にお互いを褒め称《たた》え合う。

俺は日本に居た頃、会社の飲み会は好きじゃなかった。

会社や仕事、上司への愚痴《ぐち》ばかりで苦痛だったからだ。

けれど、この飲み会は控《ひか》えめに言っても最高だ！

ククトさん、マルルさん、そしてミア。出会ってから二ヶ月が経ち、密度の濃い毎日を送っていたせいか、今では俺の人生の中で最高の仲間達だ！

疲れのせい？　酔いのせい？　異世界で自分の居場所を見つけられた安心感？

理由はわからないが、俺はとても感傷的になっている。

けど、今はそれがとても心地よかった。

みんなも同じ気分なのか、暖かい空気が場を包み、静かになる。

そんな折、唐突《とうとつ》にククトさんが口を開く。

「タクミよ。……お主らも魔王を倒しに行くのか？」

――魔王？　この世界に魔王がいるのか。初耳なんですけど……。

そんな俺の顔を見てククトさんが何かに気づく。

「お主らは、この世界について全然知らんようだな……。知らないと危険な目にあうだろうから教えよう」

ククトさんは、エールを一口飲んでから、俺とミアに目を向ける。

「まず、この世界には『エルフ』『人族』『ドワーフ』『魔族』という四つの種族がいる」

魔族!?　今まで見たことないな。

「『エルフ』は長寿で魔法に長けていて、モノを加工して魔道具を作れる。手法は秘術とされ、種族の恩恵と共に秘匿されておる。種族意識が強く、プライドも高い」

種族意識の強さとプライドが高いのは、ラノベでも定番だな。

「魔道具は魔石を必要とするが、便利で高性能なため世界中で多く使われておる。魔道具を独占して製造販売することで富と権力が集中し、やりたい放題だな」

ククトさんの目が険しくなる。

「冒険者ギルドも表向きは違うが、実際はエルフの支配下だ。魔道具に使う魔石を取り扱うことで、あいつらは二重で甘い汁を吸ってやがるっ！」

　バンッ！

　拳でテーブルを叩き、悔しそうな顔をする。

「そして……自分達を上位とした階級社会を、人族とドワーフに広げている。この街を見ればわかるだろ？」

　どうしてエルフが貴族のように振る舞い、ドワーフが貧困なのか、やっとわかった。

　ククトさんがエールを飲み、一息つく。少し落ち着いたようだ。

「すまねぇ。少し熱くなっちまった。次は『人族』だな。種族の恩恵はないが、全種族の半数を占めるほど人数が多い。そして異世界人は必ず人族だ。魔道具の大半を購入しているのも人族だな。良いヤツも悪いヤツもいるから、正直よくわからねぇ」

　俺とミアを見て、ククトさんはニヤけだす。

「まあ、お主らは人族の中でも異端児だな。ワッハハハ」

「うんうん。タクミとミアちゃんはとても素敵《すてき》な人族だよね。もうドワーフになっちゃいなよ」

「おう。タクミならマルルを任せてもいいぞ。本人もまんざらでもなさ……グフッ」

　マルルさんの右ストレートが、ククトさんの顔面に炸裂した。

「こ、これだから酔っ払いは困るよね。さあさあ、飲んで飲んで」

　ククトさん、鼻血でてるけど大丈夫なのか？

あまりの出来事に、後半何を話していたか頭から飛んでしまった。

けど、ククトさんとマルルさんの俺達に対する好意がとても嬉しかった。

そして俺達は笑いあいながら、何度もエールで乾杯した。

「……なんの話をしておったかの。意識が遠のいて……あっ、種族の話だったな。次はワシら『ドワーフ』についてだ。長寿でモノを作ることに長けている。だがワシらが作ったモノは、魔道具の便利さには勝てん。性能面でもワシらが作ったモノを魔道具にされて、最後は必ず負けるのだ」

その後の説明はマルルさんがしてくれた。

エルフは人族の低品質なモノを安く買い、そして魔道具化して高額で売る。

ドワーフが作るものは手間がかかり、どうしても魔道具よりも高額になるため売れない。

今では、エルフに安く買い叩かれ、理不尽な注文にも応じるしかない生活らしい。

ククトさんは、嫌なことを忘れたいかのようにエールを一気に飲み干す。

「よし、最後は『魔族』だ。ヤツらは魔法、身体能力どちらも強い。ただし数が圧倒的に少ないのだ。全種族でみると三%ぐらいと言われておる。……そして魔道具を作れる」

「え!?　魔道具はエルフしか作れないんじゃ……」

「魔道具は魔族も作れるのだ。正確にはエルフと魔族の魔道具は違うものだが、使い勝手は同じようなものらしい。ただ、魔族は閉鎖的で他の種族と交流がほとんどない。だからエルフが独占してるのと変わらんのだ」

魔族が他の種族と交流することをエルフは恐れているらしい。

今の階級社会が崩壊するからだ。

「『魔王』は魔族の王様ですよね。なんで俺が魔王を討伐しにいくって思ったんです？　俺はエルフと仲が良いわけでもないのに」

「不思議なことに、ほとんどの異世界人は魔王討伐を旅の目標に掲《かか》げるのだ。だからお主らもそうかと思ってな」

……確かに何も考えず、魔王討伐に行く異世界人は多いかも。

「たしかに、わたしの元のパーティーも魔王を倒すって言ってましたね。ふっふふふふ」

ミアのテンションが少しおかしくなってきた。もしかしてお酒に弱いのか。

「魔族は、他の種族を襲わないんですか？」

「それは無いな。あいつらは他の種族に興味がないのだ。襲われてやり返すことはあっても、自分達から襲うことはまずないな」

「大丈夫ですよ。わたし達は魔王討伐なんて興味ないですからね～。もし討伐するならエルフの方ですよねぇ？　タクミくん、やっちゃいなさい！」

やっちゃいなさいって、俺に一体何をやらせる気だ？　酔ったミアさん怖いです……。

「ククトさん達は、どうしてこの街で暮らしてるんですか？　人族の国じゃなくてドワーフの国で暮らした方が良くないですか？」

「簡単に言うと考え方の違いってやつだ。今の暮らしを守る派と、技術を追求したい派だな。

昔は、全員がひたすら技術を追求しておった」

「そうそう、ちょっとした改善方法が見つかっただけで、みんなで酒盛りしてたよね」

マルルさん、あなたは何歳からお酒飲んでいるんですか？

「けど、魔道具の出現で心が折れた者が続出した。情けないことだがな。国の中は、魔道具に負けたって気にすることはない、今の生活ができればよしとする空気が蔓延《まんえん》したのだ。ワシとマルルは自分で言うのもなんだが、職人としての腕が良かった。だからその空気に耐えられなくて外に出てきたわけよ」

「うん。そうなんだ。ボク達、腕がいいからね。エヘヘヘ」

マルルさんは照れ笑いしていたが、眼には力強さがあった。

それにしても話を聞くと、この世界の悪の元凶はエルフな気がするな。

そんな単純な話ではないとは思うが……。

『精霊の狩人』のいつも偉そうなエルフの顔が俺の頭をよぎる。

人をバカにした態度、やっぱりエルフが元凶かもな。やっつけるか？

うーん。俺も酔っているらしい。

「……じゃあ、俺とミアのスキルで魔道具に負けないモノを作って、ドワーフ強ぇぇぇしちゃいますか？」

俺は何を言ってるんだ。世直しの趣味はない。発言を取り消そうとすると。

「さ〜すがタクミくぅん！　おねえさんは、君を信じていたよ〜‼」

ミアが俺に寄りかかる。顔が近いぞ。うん。良い匂いがする……って違うわ！

場はシーンと静まり、ククトさんとマルルさんは真剣な顔をしていた。

どうやら、手遅れらしい……。

「魔道具ＶＳアーティファクトの対決とか凄いよ！　わくわくするよね！」

「タクミ……　お主らがいればそれは夢物語ではなく、実現しそうだが……お主らにも旅の目的があるんじゃないのか？」

「え？　いや、ないですよ。ミアはある？」

ミアは俺によりかかったまま、ふっふふふと笑い出す。

「わたしもないですよぉ。……みんなと……ゆっくり暮らす……なんて素敵で……す。――スースー」

そのままミアは寝てしまった。まあ特に予定はないってことでいいんだよな。

「じゃあ決まりだ！　バカにしたヤツらを見返すぞ！」


――その後も、俺とククトさん、マルルさんで今後のことを語り合って盛り上がる。

ミアはマルルさんが寝室に運んでくれた。

俺が運ぼうとしたけど、マルルさんに「ボクに任せてよ！　こう見えても力はあるんだよ」と言われ、気がついたら運んでいた。

その後、俺達はどうすればドワーフの置かれている環境を変えられるかも考えた。

「まずはドワーフの王様に俺達のことを知ってもらうのはどうかな？」

「あの王様がやる気出してくれるかな？」

「タクミとミアのスキルを知れば、王は間違いなく認めてくれるだろう。それにあのバカどもの目も覚めるだろうよ」

それからドワーフの王都へ向かう旅の計画を立てる。出発は一週間後になった。

それまで、ククトさんとマルルさんは、工房やお店をたたむ準備。

王都に持っていくものをまとめてもらい、後で収納ポケットに入れる予定だ。

俺達は新しい装備に慣れるのと、旅の路銀《ろぎん》を稼ぐために冒険者ギルドのクエストをこなすことにした。

「あっ、先に言っておくぞ。ドワーフの王都ゴンヒルリムは、霊峰《れいほう》シラカミの麓《ふもと》のシラカミダンジョン地下三階にある。入るにはこの『ゴンヒルリムの通行証』が必要だ」

通行証というから紙かカードのようなものを想像したが、腕輪だった。

表面は薄汚れた焦げ茶色をしているが、裏側は銀のような金属の表面に幾何学《きかがく》模様が彫られている。

「驚いたか？　見てわかる通り、特殊な作りになっておる。これを持っていないと王都ゴンヒルリムの城門は見つけられん。ワシらは二つ持っているので、一つを渡しておく。これはワシらドワーフからの信頼の証だと思ってもらえると助かる」

『ゴンヒルリムの通行証』を持つ者は、ドワーフ族に認められた者という証でもあるらしい。

「ありがとうございます。大切にします」

俺達は固い握手を交わした。あっ、ミアを忘れてた……あとで握手しておくか。

現在地もわからない地図の上に、自分の行き先をしっかりと太い線で引かれたような気分だった。

第5話 出発と別れ

——翌朝、俺とミアは冒険者ギルドでEランクの比較的簡単な討伐クエストを二つ受けた。

「ミア、今日はこの新装備に慣れることを優先しよう」

俺達は昨日完成したばかりの装備を確認した。

ミアと俺の装備は、外見以外はまったく同じものだ。

【武器】

・『光刃の剣《ライトセーバー》』攻撃力不明

・『ミスリルのショートソード』攻撃力30

・『強化スリングショット＋強化石』攻撃力9

【防具】

・『強化した旅人の服（上下）』防御力91

・『強化した外套』熱耐性10、寒さ耐性10、耐久性90

・『ミスリルの胸当て』防御力20

【アクセサリー】

・『心の壁用の強化ネックレス』耐久性92

・『ホワイトルーンの強化指輪』精神攻撃耐性95
・『イエロールーンの強化指輪』異常耐性95
・『ブルールーンの強化イヤリング』ＳＰ自動回復９
・『グリーンルーンの強化イヤリング』ＨＰ自動回復９

ミスリルのショートソードと胸当ては、他の装備の目眩《めくら》まし用で『改ざん』スキルによる強化はしていない。

主力の武器は光刃の剣《ライトセーバー》だ。エネルギーの刃の部分を光刃《こうじん》と呼び、グリップに込めたＳＰの量に応じて長さや威力が変わる。光刃を出した状態で、ドワーフの恩恵『目利き』や俺の『分析』スキルを使用しても攻撃力はわからなかった。

防具は冒険や街歩きでも着られるデザインの服にした。

マルルさんになんとか防御力を二桁になるよう試行錯誤してもらい、完成したのが旅人の服だった。俺の『改ざん』スキルで防御力を『１１→９１』にしたことで、フルプレートの鎧よりも防御力の高いチート装備になっている。

外套は防具というよりも、暑さや寒さ対策だ。

『心の壁』バリアは、当初指輪で作る予定だった。だが、指輪で作るとミアの重い気持ちまで『デフォルメ』スキルに反映され、完成した指輪の重さが一〇キロを超えてしまったのだ。

試行錯誤した結果、ネックレスに落ち着いた。壊れないよう俺の『改ざん』スキルで耐久性を『１２→９２』に変更してある。

指輪やイヤリングは、マルルさんが担当した。

宝石にルーン文字を刻むときに、マルルさんの『付与』スキルで特性を付け、恩恵の『加工』で強化している。各性能をなんとか二桁にしてもらい、俺の『改ざん』スキルで強化した。

ただ、自動回復系の付与は非常に難しく回復量5が限界だったので、『改ざん』スキルを使っても9にしかならなかった。回復量はＨＰ、ＳＰともに三〇分で一割回復する。

装備をあらためて見直すと、チートっぷりが半端ない。


――ゴブリンが棲息する森にきた。ここでは『ゴブリン討伐（三〇匹）Ｅランク』のクエストと装備の検証を行う予定だ。

まずは光刃《ライトセーバー》の剣を試す。片手でグリップを握り、ＳＰを込める。

すると七〇センチほどの赤い光刃が鈍い音とともにグリップから伸びた。ＳＰを変換する『ウレック石』が赤色だったため、ミアの光刃のイメージも赤になったのだ。

俺はカッコいいので気に入っている。

光刃は一回出すたびにＳＰが一消費された。

ＳＰを強く込めるとその分ＳＰが消費されるが、光刃の威力が上がり、太く長く伸びた。

ＳＰを五消費したとき、光刃の長さは二メートルぐらいになった。

ＳＰ一消費の光刃で近くの直径一〇センチの木を切ってみる。木は上下に真っ二つに切れ、手にはまったく抵抗がなかった。切り口を見ると焦《こ》げている。何これ、怖いんですけど……。

　俺達はゴブリンを見つけては、光刃の剣《ライトセーバー》を使いこなせるように練習した。

　少しずつではあるが慣れてきたので、次の検証へ移ることにする。


――次は『心の壁』だ。

　丁度いいことに、棍棒を持ったゴブリンが俺の方に向かってくる。

　ゴブリンはニヤけながら棍棒を横から振り抜く。

　迫りくる棍棒に対して『ぶつかるなっ！』と頭の中で強く拒絶した。

　すると、俺の身体から三〇センチぐらい離れたところに、大きさ四〇センチほどの八角形をした半透明のバリアが現れた。

　ガキィィンという衝撃音とともに、バリアが棍棒を弾く。

　ゴブリンは予想不可能な衝撃を受け、体勢を大きく崩していた。

　これは実戦でかなり使えるな。防ぐだけでなく、攻撃のチャンスも作れる。

『心の壁』バリアは持ち主が拒絶をイメージしたとき、自動的に発生する。

　バリアの大きさや発生位置を指定しなくても、拒絶した対象を勝手に防いでくれる優れものだ。

　一度バリアを作るとＳＰが一消費され、拒絶した事象が解決するとバリアは消える。

　今では使い勝手が良くなったが、作り始めの頃はどのぐらいの拒絶感でバリアを発動させるかの調整が大変だった。

初期のバージョンは普通に生活していても、たまにバリアが発動していた。

発動条件に『身の危険を感じる』を追加したことで、期待通りに動作するようになったのだ。

ちなみに、ククトさんとマルルさんは、『心の壁』の仕組みを理屈で考えてしまい、最後までバリアを発動させることができなかった。

バリアの強度は、SPを五消費した光刃の剣《ライトセーバー》でも壊せないほどだ。

ただし、弱点もある。バリア同士がぶつかるとバリアは消えてしまうのだ。

この後も検証を繰り返し『ゴブリン討伐（三〇匹）Eランク』をクリアした。

次は、以前苦戦した廃坑の大鼠の討伐に向かう。

これからは実戦訓練だ！


――俺達は『大鼠討伐（一〇匹）Eランク』のため、廃坑に来ていた。廃坑の中は蛍石で薄暗く、ひんやりと涼しい。大鼠は単体では弱いが、群れで動くため大群になるとやっかいな魔物だ。

けれど、今回はその大群との戦闘を目的としていた。

多数の魔物と戦闘経験を積む。今の俺達の装備ならいけるはずだ。

もし、あの臭い大鼠用の罠があったとしても、異常耐性の付いたイエロールーンの強化指輪が守ってくれる。……きっと大丈夫。大丈夫なはずだ。

　しばらく歩くと広い空間に出た。丁度そこで五匹の大鼠を見つけた。

　俺とミアはお互いに攻撃が当たらないよう、横に広がる。

　俺の『改ざん』スキルで光量を９に強化した蛍石を周辺に五つ投げる。

　この強化蛍石は、以前来たときに拾ったものだ。

　薄暗かった広い空間が明るくなった。俺は光刃の剣《ライトセーバー》を握り、ミアを見る。

　ミアは強く頷いた。どうやら準備は出来ているようだ。

　ブン……。

　赤く光り輝く光刃を伸ばす。そして、大鼠に向かって斬りかかった。

　空気を切り裂く音と焦げた匂いがした瞬間、大鼠はすぐに黒い煙となって消える。

「ミア、絶対に全滅させないように。仲間を呼ばせたい。この場所を狩り場にするんだ」

「はーい。臭いトラップがないからね」

　わかっているならそれでよし！

　しばらくすると遠くから大量の足音が聞こえてきた。

　広場の奥にある通路の地面を赤い目が覆う。

　以前なら死を覚悟しただろう。今はただ楽しみでしかない。

　リズムゲームのように、向かってくる大鼠を斬る。

　ときには二匹同時に斬り刻む。最高に楽しい。

この大群の魔物との戦闘は、アニメや漫画で見た無双シーンを体現したものだった。

通常であれば数の暴力には勝てない。ましてや俺は剣術の達人ではないのだ。

剣を振った後のスキを狙われれば、防ぐことは出来ない。

けれど、俺達には『心の壁』バリアがある。

どんなに体勢が崩れていても、身の危険を感じ、頭の中で拒絶すれば八角形のバリアが発生し、防いでくれる。

ただし一回のバリアでＳＰが一減るので、無駄使いは厳禁だ。

俺一人で五〇匹ぐらい倒しただろうか。少し疲れが出てきた。

そのとき、背中に衝撃があった。大鼠の攻撃を受けたのだ。

「なぜバリアが発動しない!?」

焦る。まさか『心の壁』を発動するネックレスが故障したのか？

パニックに陥《おちい》りかけたとき、ミアの声が飛ぶ。

「今のは視覚の外からの攻撃よ！　囲まれないで！」

ミアは俺が攻撃される瞬間を見ていたようだ。

なるほど、見えない位置から攻撃されたときは不意打ちになり、拒絶の意思が働かない。

だからバリアが発動しないのか。視覚の外からの攻撃はまずいな。

それなら、これはどうだ。

俺は全方位からの攻撃を警戒し、それを拒絶する。

すると、自分を包むようにバリアが出現した。

「す、すごい。ミア、全身をバリアで包めた」

「なにそれ……できた！」

俺達はお互いのバリアがぶつからないように少し離れながら、壁を背にする位置まで移動する。

これで後ろからの攻撃の対策はできた。

よし、戦闘再開だ！

――それから一時間近く戦い続けた。

最後の大鼠を倒し、俺達は地面に倒れるように横になる。

「もう、無理。動けない」

「誰よ……全滅させないで仲間を呼ばせようって言ったのは……」

誰だよ、そんなこと言ったのは――俺でした。

今思えば、二回か三回に分ければよかったな。

ＨＰは全く減っていない。けど、体力がゼロだ。

これどうやったら回復するんだろう。……ポーションじゃ回復しないよな。

お腹も減ったので、周囲を大量の魔石に囲まれながら昼ごはんを食べる。

不幸中の幸いか、後ろからの不意打ち攻撃を受けたときに、強化した旅人の服の性能を検証できた。予想通りダメージはまったく受けなかった。さすが防御力91だ。

食後、少し休むと段々と動けるようになってきたので魔石を回収した。

リュックには入りきらないので、布袋が一杯になったら収納ポケットへ入れる。これを繰り返す。

びっくりしたことに、魔石の数は三〇〇個を超えていた。

レベルはどうなった？

俺は『なりすまし』スキルのステータス偽装を解除した。

【名前】ナルミヤ　タクミ
【職業】ハッカー
【状態】正常
【レベル】20（New）
【ＨＰ】２００／２００（New）
【ＳＰ】１０１／２００（New）
【スキルの素】接触、文字、変更
【スキル】分析、改ざん、なりすまし

【名前】ホシノ　ミア
【職業】画家

【状態】正常
【レベル】20（New）
【ＨＰ】２００／２００（New）
【ＳＰ】１０８／２００（New）
【スキルの素】素材、特徴、表現
【スキル】デフォルメ（改ざん）

最近、レベル一八で停滞していたけど一気に上がったな。ミアも喜んでいる。

俺達は『なりすまし』スキルでステータスを偽装し直してから探索を再開した。

さらに廃坑を進んで魔物を探すが、見つけることはできなかった。

あれだけの魔石の数だ。狩り尽くしたのかもしれない。

そう考えながら歩いていると、下の階へと続く階段が見えてきた。

戻るか、階段を下りるか。どうする？

食料と水の心配はない。収納ポケットに大量に入れてある。正直、魔物に負ける気はしない。

ゲーム後半のステータスで、序盤のダンジョン攻略をためらうヤツはいないだろう。

俺達は階段を下りることにした。


――ここは地下三階。

地下二階では蜘蛛《くも》やダンゴムシみたいな魔物が出没したが、俺達の敵ではなかった。

そして、今、地下三階に下りたところだ。

階段からは一本道しかない。進んだ先には、今まで見たこともないぐらい広い空間があった。

周りには採掘道具などがあちらこちらに、投げ捨てられている。

「これはもしかすると、採掘作業をしているとき、魔物に襲われたのかもしれないな」

「そうよね……鉱石も散らばっているし」

そのとき、上から糸のようなものが飛んできた。

気づいた瞬間『心の壁』のバリアが発動し、糸を弾く。

天井を見ると、上半身は人型で下半身は白い蜘蛛という姿の生き物がいた。

ラノベやゲームだとアラクネって呼ばれている魔物に似ているな。

ここはヤツの巣か？

「ミア、気をつけろ。アイツは強いかも」

「あっ、後ろにもう一匹いる。他にも小さい白い蜘蛛がたくさん……これは逃げた方が……」

二匹のアラクネは、大きい方がメスで、小さい方はオスかな。

たくさんいるのは子供か？　……一〇〇匹ぐらい居るんですけど。

蜘蛛は糸を使って空中からも攻撃ができる。そうなると俺達の攻撃は届かない。

この広い空間で戦闘するのはマズいな。

「急いで、来た通路に戻るんだ！」

ミアに声をかけ、先に行かせる。

俺も自分を包むように『心の壁』バリアを張りながら、来たときの通路に向かう。

途中、いくつかの攻撃を受けるが、バリアで全て弾《はじ》く。

俺達はなんとか通路に戻れた。

この場所には逃げるために来たんじゃない。戦うために来たのだ。

通路の幅は三メートルぐらい。天井にいる魔物にも攻撃は届くだろう。

俺達は振り返り、追ってきた蜘蛛達と向き合う。

「俺が前に出る。ミアは俺が討ち漏らした蜘蛛を頼んだ！　長期戦になるかもしれないから、ＳＰは大切に！」

「オッケー！　任された！　どんどん後ろに回していいよ。『いのちだいじに』でいこう」

よし、バリアが中和されない距離にいるな。

「さて、どうするか……」

俺とミアのＳＰに余裕はあまりない。長期戦にはしたくない。

地形を利用して、効率よく戦うにはどうする……。

俺は光刃の剣《ライトセーバー》の光刃にＳＰ一〇消費し、三メートルまで伸ばした。

グリップを身体の中心に構え、その位置を支点として扇風機のように円を描くようくるくる回した。子蜘蛛の大半は、天井、壁、地面にいる。そこをなぞるようにひたすら回す。

ＳＰ一〇の光刃は子蜘蛛に触れただけで蒸発させ、黒い煙に変えた。

討ち漏らした子蜘蛛は、後方にいるミアが退治してくれる。

余裕が無いため後ろを見ることはできない。

光刃のスイング音が聞こえてくるので大丈夫だろう。

けど、そのスイング音の方が魔物より怖かったのは、ミアには秘密だ。

乱戦の中、ときどき太い糸がものすごい勢いで飛んでくる。アラクネの遠距離攻撃だ。

バリアがなければ簡単にやられていただろう。だが、今の俺達には脅威じゃない。

子蜘蛛を大方倒したとき、大きい方のアラクネがものすごい速さで天井を移動してきた。

だが、この狭い通路では悪手だぞ。光刃は天井まで届くからな。

俺は扇風機のように回している光刃を、アラクネが突っ込んでくるタイミングに合わせる。

――今だ！　俺はアラクネの胴体めがけて斬りつける。

アラクネは両手をクロスにして防ごうとするが、防御した腕ごと上半身は水平に切断され、黒い煙になった。

俺はもう一匹のアラクネの位置を確認する。

俺と目があったアラクネは身体を反転し、逃げ出した。

そのとき、アラクネの後頭部に小さな穴が空く。

「タクミ、やっちゃいなさい！」

ミアがスリングショットで攻撃したのか。ナイスだ！

アラクネはまだ黒い煙になってない。

俺は怯《ひる》んだアラクネに迫り、光刃の剣《ライトセーバー》を腹に突き刺し、切り上げる。

縦に真っ二つとなったアラクネは、黒い煙となって消えた。

これで残りの魔物は子蜘蛛が一〇匹ぐらいだ。

そろそろＳＰの残量が厳しいから、後はミアにお願いした。


——戦闘終了後、俺達は通路に座り、休んでいた。

「お疲れ様。採掘場の広い空間で戦っていたら危険だったかもな」

ミアは疲れ切った表情で頷く。

「バリア無しで倒せる人いるのかな？　あの糸、盾や剣で防ごうとすると糸を絡められて動けなくなるよね。思うんだけど、かなりランクの高い魔物だったのでは？」

確かにミアの言うとおりだ。まともに戦うと、あの糸はかなりやっかいだよな。俺達の装備は相性が良かったから勝てたけど。

冒険者ギルドに報告すると目立ちそうだ。少し考えた方がいいかもな。

アラクネの巣と思われる場所で、オレンジ色の宝石をひとつ見つけた。

「宝箱じゃないけど、綺麗な石を見つけたぞ。宝石？　鉱石？　違いがよくわからんけど、マルルさんなら何か役立ててくれそうだよな。装備のお礼にプレゼントしようか？」

「タクミが見つけたんだから、タクミの好きにすればいいんじゃない？」

「いや、どちらが見つけても二人のモノだ。だから、どうするかも二人で決める」

「……マルルさんに似合うと思う。マルルさんの髪の色と宝石の色が似てるじゃない？　喜ぶわよ。だからタクミからプレゼントしてあげて」

　俺達は魔石を回収した後、街へ帰ることにした。

――バーセリーの街に戻って来た。街の中に入ると手を振る女の子がいた。

「タクミ！　ミア！　お帰り～‼」

「マルルさん、こんなところでどうしたんですか？」

「えー、せっかく迎えに来たのに、その態度はどうなのかな？」

「あっ、装備の検証結果が気になったんですね！　待てなくてここまで来ちゃうなんてかわいいですね」

「えっ？　えっ？　かわいい？」

「はい。なんか子供みたいで……グハッ」

　マルルさんの蹴りがすねに……なぜだ？

「検証結果が気になったんじゃなくて、遅かったから心配でここまできたんじゃないか。装備のほうは大丈夫だった？」

「はい。もの凄い性能でしたよ！　漫画やアニメのヒーローみたいでした！　あのですね……」

ミアは興奮して今日の出来事を話すも、マルルさんにはあまり伝わってないようだ。

「あっ、そうだ。マルルさんにプレゼントがあるんです」

俺は、アラクネの巣で見つけた宝石をマルルさんに渡した。

「えっ⁉　これをボクにくれるの？　ファイアーオパールじゃないか！」

「珍しい石なんですか？」

「いや、珍しくはないかな。けど、ボクの髪と同じ色だから、お気に入りの宝石なんだ。本当に嬉しいよ！」

マルルさんは何度も「ありがとう」と言いながら工房へ帰った。

「あんなに喜んでくれるなんて良かったわね」

「ああ、マルルさんなら加工できるだろうしね。プレゼントして正解だったよ」

「――タクミ。後で買い物に行きましょう……今日はタクミの奢《おご》りね」

「なんで俺の奢りなんだ？　何か必要なモノがあるなら魔石の取り分、少し増やそうか？」

「人のお金で買うから楽しいんじゃない。タクミのお金ならなおさらね」

「さすがミアさん。良い趣味をお持ちで……」

そんな趣味に付き合うつもりはないが、今日はたくさんゴールドが稼げたからよしとするか。

――俺達はクエストの報告と魔石を売るため、冒険者ギルドへ向かった。

この二ヶ月で、俺達にちょっかいをかけてくるヤツは大分減ったがゼロではない。特にメンバー内にエルフがいるパーティーは相手を見下す傾向にあるため、未だに絡んでくる。

そんなヤツらを無視して、受付の女性にクエストの完了報告と魔石の買い取りをお願いする。

アラクネの魔石は目立ちそうなので、買取りに出さず様子を見ることにしたが、それでも魔石の詰まった四つの袋を見た受付の女性は、頬をピクピクさせながらドン引きしていた。

「あ、あの……　これはお二人で倒されたんですか？」

「はい。ゴブリン三〇匹と大鼠一〇〇匹の魔石、これはクエスト分です。それとは別に大鼠の魔石三〇〇個ぐらいあります」

「三〇〇個！　これは全て廃坑の大鼠ですか？」

俺は頷く。アラクネのことは黙っておく。

「廃坑で大鼠を狩っていたら仲間を延々と呼ばれて、こうなりました」

「……この量だと、廃坑の大鼠を殲滅《せんめつ》したのかもしれません。今までのEランククエストの完了分と、大鼠を殲滅した実績でDランクに上がれるかと。上司に確認して参りますので少々お待ち下さい」

しばらくすると、ギルドマスターが直接話したいとのことで、二階の一番奥の部屋に案内された。

「――『アレンジ』の皆様をお連れしました」

部屋に入ると、金髪のエルフの男が執務机の椅子に座っていた。

身に着けているものは、どれも上質で高級そうだ。

どうやら、このエルフの男がギルドマスターらしい。

「ご苦労。お前はもういいぞ」

受付の女性は部屋から出ていった。

部屋の中は、ギルドマスターと俺達の三人だけになった。エルフの男が口を開く。

「ギルドマスターのキースだ。お前達が大鼠を殲滅したというのは本当か？　虚偽《きょぎ》の報告は冒険者カードの剥奪《はくだつ》になるぞ」

キースと名乗ったエルフは、あからさまに俺達のことを疑った。

「その報告には誤りがあります。俺達は『大鼠を殲滅した』とは報告していません。大鼠を三〇〇匹ぐらい倒しただけです。それから地下三階まで降りて、地上に戻るまでの間、大鼠は一匹も見ませんでした」

「……今、地下三階まで降りたといったか？　嘘をつくな。地下三階から生きて戻れるわけがあるまい」

ミスったな。良い意味でも悪い意味でも、エルフに目をつけられたくなかったのに。

いまさら嘘でしたと言ったら冒険者カードを剥奪されそうだし……これは困ったぞ。

ミアも同様の考えに至ったらしく、不安そうな目で俺を見つめてくる。

えーい。アラクネのことも報告して、今日中に全ての魔石を売ってしまうか。

明日から出発までの間、工房で大人しくしていれば大丈夫だろう。

「地下三階にはアラクネがいました」

「なるほど、その情報は公開していない。いいだろう。三階に行ったと認めてやる……」

キースは、音もなく立ち上がり、無詠唱でいきなり魔法の矢を俺に向けて放った。

ガキィィィン！　『心の壁』バリアで、魔法の矢は弾かれた。

「これがお前の実力か。職業やスキルは大したことないと報告を受けている。そうすると……装備か。お前の装備はなんだ。魔法をどうやって弾いた？」

もしかして俺を試したのか？　一歩間違えば死んでいたぞ。

これがギルドマスター……いや、エルフの価値観なのか。

「教えることはできません。いきなり攻撃してくる相手に、こちらの手の内を明かすのは自殺行為ですから」

「ほう、なかなか言うじゃないか。まあいい。大鼠の退治は本当のようだ。アラクネはどうした。倒したか？」

俺は今日中に魔石を全て売ることに決めた。もうここには来たくない。

「倒しました」

「――倒したか。魔石はあるのか？」

「今は手元にありません。買い取ってもらえるなら持ってきますが」

「よし。いいだろう。話は通しておくから、この部屋に魔石を持ってこい」


――冒険者ギルドから出た途端、ミアにキッと睨まれる。

「なんなのよ。アイツは。あれがギルドマスター!?」

「よく我慢したな。『タクミ、やっちゃいなさい』って言い出すかと思ってハラハラしたぞ」

「今はまだダメよ。ククトさん達に迷惑がかかるわ。さあ、工房に戻って相談しましょう」

……本気でやっちゃう気じゃないよね？


――ククトさんの工房に戻ってきた。俺達は急いでククトさんに相談する。

「ククトさん、大変です。ギルドマスターに目を付けられました！」

「まあ落ち着け。何があったか説明してくれ」

俺は、廃坑でアラクネを倒したこと。冒険者ギルドでの出来事。

これからまた冒険者ギルドに行くことを手短に説明した。

「……わかった。すぐにこの街を出た方が良さそうだな。だが、まだ終わってない仕事がある。明日中になんとか片づけるから、明後日の朝に出発するぞ」

「すみません。俺が口を滑らせたせいで……とりあえず、冒険者ギルドに戻ります」

「気にするな。それだけワシらの作った装備が凄かったってことよ。ワハハハハ」

「そうだよ。タクミとミアは何も悪くないんだから。気にすることなんて一ミリもないからね」

マルルさんは笑顔でウインクしてくれた。

以前、出発前の準備に一週間は必要と言っていた。明日だけで終わるわけがない。

見た目は小さいのに、この二人は本当に器がでかい。感謝の言葉しかない。

俺とミアは、収納ポケットから残りの魔石が入った袋を取り出し、冒険者ギルドへ戻ることにした。

――冒険者ギルドで受付に声をかけると、ギルドマスターの部屋に案内される。

部屋に入ると、キースは執務机で書類仕事をしていた。

「遅かったな。それで魔石は持ってきたか？」

「これです」

俺は持っていた魔石の詰まった袋を二つ、応接テーブルの上に置く。

「おい。袋の中身を確認しろ」

キースは受付の女性に魔石を確認させる。

「あ、アラクネの魔石が二つ。アラクネの幼虫の魔石が一一二個。ビッグスパイダーの魔石が三五個、ダンゴ虫が一八個です……」

キースは受付の女性に質問した。

「今日持ってきた大鼠の討伐を合わせると、冒険者ランクはどのぐらいが適切だ？」

「アラクネはBランクの魔物です。しかも幼虫が一〇〇匹以上。これを二人で討伐したとなるとBランクが適正かと」

キースは顎をさすりながら俺達を睨む。

そして何かを探るように全身を見回してくる。

「お前らの装備を売る気はないか？」

「これは大切なものなので、売る気はありません」

「……わかった。廃坑の三階の発掘場はどうだった？」

「アラクネを倒した後すぐに戻ってきたので、調べてないです」

装備をあっさり諦めたのは意外だった。いろいろとゴネてくると思ったんだけどな。

キースはしばらくすると突如《とつじょ》ニヤリとした表情になった。

そして、受付の女性に命令する。

「こいつらはBランクに昇格だ。あと魔石の買い取りもやっておけ」

「わ、わかりました。『アレンジ』の皆様、おめでとうございます。昇格と魔石の買い取りの準備をしておきますので、後で窓口にお寄りください」

そういうと受付の女性は部屋から出ていった。

「明日、アラクネのいた地下三階を調べに行け。アラクネの生き残りがいたら殺せ。魔石は一つも残さずに回収しろよ。もちろん正式なクエストとして依頼する。Ｂランクに昇格させてやったんだ。やれるな？」

もうここに来るつもりは無かったのに。

けど、断った方が面倒なことになりそうだ。

「今回だけの一回限りのクエストってことでいいですか？」

「ああ、それでいい」

俺達はクエストの依頼を了承し、部屋を後にした。

帰る前に受付でギルドカードの更新、そして魔石の売却を済ませる。

トータルで約七千ゴールドになった。これで旅の路銀は大丈夫そうだな。

出口へ向かう途中、『精霊の狩人』のおっさんが近づいてきた。

「おい。なんかすげぇ装備持ってるらしいな。どこで手に入れたんだ？　俺達にも教えてくれよ」

「このミスリルのショートソードのことですか？　武器屋で買ったんですよ」

「どんな魔道具がついてるんだ？」

「何もついてないですよ。よく切れるだけです」

「……ああ、よくわかったよ。ありがとな。Ｂランクの英雄さん」

なんで知っているんだ？　このギルド、個人情報がダダ漏れなんですけど。

――翌日の朝。

今日は、ギルドマスターのキースから依頼されたクエストを、さっさと終わらせる予定だ。

正直受けたくなかった。

この件については、昨日の夜にみんなで話し合った。結論としては、警戒はするが俺とミアはギルドマスターのクエスト、ククトさん達は街を出る準備を予定通り行うことになった。

ククトさんとマルルさんは戦えないし、『心の壁』バリアも使えない。だから、ミアには残ってもらって、俺だけでクエストに行くと提案したんだが、アラクネがまだ残っていたらどうする気だとククトさんに怒られてしまった。

俺はこのときの判断を、後に後悔することになる――。


冒険者ギルドに寄り、受付でギルドマスターのクエストを受ける。

そのときに、『本件は重要な案件なので、街に戻ってきたらすぐに報告にくるように』としつこく言われた。俺もさっさと終わらせたいので、すぐ報告にいくつもりだ。


――廃坑。

昨日、たくさんの魔物を倒したせいか、地下三階にすんなり着いた。

採掘場のまわりに光量を強化した蛍石を置くと周囲は明るくなった。

周辺を調査したが、魔物の気配はなく、拾い忘れた魔石もなかった。

「さてと、依頼された調査は終わったから帰ろうか。ククトさん達が心配だしな」

「そうね……結局、宝箱は見つからなかったわ」

宝箱、まだ探してたのね。

俺達は冒険者ギルドへ戻ることにした。


――冒険者ギルドの応接室で三時間が過ぎた。

俺達はバーセリーの街に着くと、すぐに冒険者ギルドへ行き、ギルドマスターのキースとの面会を申し込んだ。

キースは大事な会議が入り、すぐには来られないらしい。

待っているよう応接室へ案内されて、今になる。

あまりに遅い。昼飯を食べないでギルドに来たからお腹も減った。

食事のため一度ギルドから出ようとすると、もうすぐ会議が終わりそうなのでと止められる。

収納ポケットから食料を出し、食事と何杯目かのお茶を飲み終えた時、キースが部屋に入ってきた。

「待たせたな。で、どうだった？」

あれだけ待たせて謝罪も無しかよ。さすがエルフ様だ。

「廃坑の魔物の数は少なく、地下三階までに遭遇した魔物はビッグスパイダー三匹だけでした。採掘場に魔物は一匹もいませんでした」

報告はたったこれだけ。素人の俺にできる報告なんて、この程度だ。

「わかった。では、受付で報酬をもらって帰れ」

「え……。これだけでいいんですか？」

「ああ、話は終わりだ。さっさと帰れ」

そう言い捨てて、キースは応接室から出ていった。

なんなんだ。このクエストは……意味がわからん。

まあ明日にはこの街を出るので、考えるのをやめて工房へ帰ることにした。

ギルドの受付でクエストの報酬をもらい、出口へ向かって歩く。

『精霊の狩人』のヤツらが、俺達を見てニヤニヤと笑っている。勝ち誇《ほこ》ったような、悪意のある笑い。俺達は絡まれる前にギルドを出た。

もう、二度と会うこともないだろう。最後の最後までムカつくヤツらだ。


——俺達が工房についたときは、もう夕方だった。

工房の窓に明かりはなかった。ククトさん達は出かけているのかな。

工房に入ると、妙な違和感があった。

壁に立てかけてあった武器や防具が無くなっている。

テーブルや工具の位置も、朝と違う場所にある。

「ミア、何かがおかしい。戦闘準備だ」

俺達は光刃《ライトセーバー》の剣を手に持ち、いつでも戦えるように構えた。

「部屋を調べる。ミアは後方を警戒して」

「わかった……」

一階を見て回るが、目新しい発見はなかった。そうなると二階か。

ミアに指で階段を指し、二階に行くことを知らせる。

俺を先頭に、音を立てないよう階段を上がった。

「な、なんだこれ……」

戦闘を繰り広げたような跡が、廊下の奥の方へと続いていた。

警戒しながら、一歩、一歩、音を出さないように進む。

俺の心の中で、嫌な予感が増していく。

奥の部屋はククトさんの部屋だ。ドアの表面には大きな凹凸があり、ドアノブは壊されていた。

俺はミスリルのショートソードを手に持ち、剣の先でドアを押す。

ドアは抵抗することなく開いた。

な、なんてことしやがる……。

心臓が荒れ狂ったように鼓動《こどう》をうつ。

苦しい。誰か止めてくれ。呼吸が上手くできない。

「きゃあああ‼」

俺の後ろから悲鳴がした。

後ろを振り向くと、ミアがこの光景を見て固まっていた。

「いや、いや、いやぁぁぁぁぁ」

膝から崩れ落ち、両手を床についたまま泣き叫ぶ。

部屋の中に、ククトさんとマルルさんの二人はいた。

立ったまま壁によりかかるように。

そして――


――二人の胸には剣が突き刺さっていた。

ヤバい、ヤバい、ヤバい。

悲しみと怒りで頭がどうにかなりそうだ。

目がチカチカする。視界が歪《ゆが》む。

けど、今はダメだ。冷静になれ。敵がまだいるかもしれない。

ミアもいるんだ。

「くそぉぉぉぉぉぉぉ！　絶対に殺す！　殺す！　殺す！　絶対殺してやる‼」

俺は叫んだ。全力で叫ぶ。

そして、自分の頬を殴った。

口の中に広がる血の味が、俺を少しずつ冷静にさせてくれた。

俺は一縷《いちる》の望みにすがる想いで、二人に近寄る。——けど、息はしていなかった。

俺がマルルさんの身体から手を離したとき、彼女の右手から何かが転がった。

オレンジ色の宝石——俺がプレゼントしたファイアーオパールだった。

……死ぬ直前まで、ずっと握っていたのか……。マルルさんは最後まで俺を……。


そのとき、誰かが階段を上がってくる音がした。

……ミアは大丈夫か。

「ミア、誰か来る」

ダメだ。完全に心が折れている。まだ動けそうにない。

俺はミアの前に出て、いつでも戦えるよう構える。

「おいおい、物騒だな。誰を殺すんだ？」

ニヤニヤ笑いながらおっさんが階段を上がってきた。

その後ろには『精霊の狩人』のヤツらがゾロゾロいる。

まさか……。

「おまえらがククトさん達を殺したのか？」

おっさんがニヤついたまま俺達を見る。

「俺達にも武器を作ってくれってお願いしたら、しょうもない武器を渡してくるからさ。返品してやったのよ。ちょっと角度が悪くて胸に刺さっちまったがな」

「「「ひゃははは」」」

「おまえらの武器をよこせ。アラクネ倒したんだってな。おまえらみたいなゴミにはもったいないから、俺達が使ってやるぜ」

ミアがおっさん達を睨みつけ、怒りで身体を震わせながらゆっくり立ち上がる。

「そ、そんなことのために、ククトさん達を殺すなんて許せないっ……」

そんなミアを全く気にせず、おっさんはさらに口を開く。

「このドワーフ、どんなに痛めつけても、お前達の装備について一切しゃべらねえ。しょうがないから、お前達から奪うしかないわけよ。恨むならこのドワーフ達を恨《うら》むんだな」

プツン――

俺の中で何かが切れた。ああ、もうダメだ。

こんな連中に、ククトさんやマルルさんが理不尽に殺されることが正当化されるのか。

それなら、俺がこんな腐った階級社会ぶっ壊してやる。

誰が本当のゴミなのか教えてやるよ。

俺は光刃《ライトセーバー》の剣の光刃を伸ばす。

おっさんの後ろで盾を構えていた二人の男が、俺に突っ込んできた。

この廊下で剣は使えないと判断したのだろう。

けれど、俺は気にせず光刃《ライトセーバー》の剣を水平に振り抜いた。

赤い光刃は壁を切り裂き、突っ込んできた二人を盾ごと真っ二つにした。

その隙をついて、おっさんともう一人の男が、俺にめがけて剣と斧を振りぬく。

俺は『心の壁』のバリアを発動し、それぞれの武器を弾くと、おっさん達は体勢を崩した。

そして、俺は怒りに身を任せ、光刃《ライトセーバー》の剣を何度も何度も振った。

「くそがぁぁぁぁぁぁぁぁぁぁぁぁぁ‼」

俺は叫んだ。

ダメだ……光刃《ライトセーバー》の剣だと手に感触が残らない。

俺の心に大きく空いた穴は、おまえらが埋めてくれるんじゃないのかよ！

俺は残った二人を見る。

エルフとヒロシとかいう鑑定持ちの異世界人。

「ば、バカな――ちょ、ちょっと待ってくれ。俺はお前と同じ異世界人だ。俺のスキルは『鑑定』だぞ。絶対に役に立つから殺さないでくれ」

「黙れよ。おまえと同類って勘違いされるだろうがっ！」

俺はヒロシとの距離を詰め、心臓に光刃《ライトセーバー》の剣を突き刺す。

ヒロシは素手で光刃を引き抜こうと抵抗するが、光刃を掴んだ指が床に落ちるだけだった。

俺は光刃をヒロシの身体から抜き、エルフに正対する。

一人残ったエルフは、強気の姿勢を崩さなかった。

「ふん、役に立たん。おまえなかなか見どころがあるな。喜べ、私がお前達の仲間になってやろう」

「おまえみたいなゴミはいらんよ。それよりも、なぜククトさん達が武器を作ったと思ったんだ？」

「躾《しつけ》がなってないな。……まあいい教えてやろう。以前におまえがこのドワーフと一緒にクエストから帰ってきたのを見かけたのだ」

「俺達が武器を買ったと思わなかったのか？」

「魔道具じゃないミスリル製の武器なんて、この街の武器屋で売られることはない。ドワーフの店以外ではな。だからお前の装備は、連れのドワーフが用意したとわかったのだ」

なるほど、俺との会話でククトさん達が目を付けられたのか。

ククトさん、マルルさん……謝罪は後でさせて下さい。

今はこいつを殺す。

俺の身体から殺気が走る。

「ま、まて。俺を殺すとこの街の冒険者ギルドが黙ってないぞ。武器を奪うよう依頼したのはギルドマスターだ」

冒険者ギルドで長時間待たされたのは、このための時間稼ぎだったのか。

なるほど……冒険者ギルドもグルか。キースはこいつらが成功しようと失敗しようと、どっちでもよかったんだ。すべての殺人の容疑を俺達に被せて処刑する。それで最終的に俺達の装備を奪えるからな。

「この私がギルドマスターと交渉してやろう。お前達が殺され――」

ブィーン……乾いた鈍い音が空気を揺らす。

俺は首を切り飛ばした。

許すわけがないだろう。

キースと交渉する必要はない。アイツはもうすぐ死ぬのだから。

「俺はこれから冒険者ギルドにケンカを売る。いや、売られたケンカを買う、のかな。そうしたら一生追われる身になる。けど止めるなよ」

「あたりまえでしょ。ギルマスとその一味をやっつけるわよ！」

これはミアの共犯宣言なのかな。後で文句言うなよ。

「アイツらに後悔させたら、この街を出てドワーフの国へ行こうと思う」

ミアは頷くと、ククトさんとマルルさんの遺体の前に移動した。

「ククトさんとマルルさんをドワーフの国で埋葬してあげよう。こんなところに置いて行ったらかわいそう。……宝石はマルルさんの手に戻してあげて。寂しくないように……」

……見ていたのか。

ククトさんとマルルさんの遺体をベッドシーツで包み、俺はマルルさんの右手にファイアーオパールの宝石を握らせた。そしてシーツごと二人の遺体を収納ポケットに安置する。

ポケットの中なら時間は止まるから腐敗しないだろう。

――俺達が工房の外へ出たときには、すでに周りを冒険者に取り囲まれていた。

俺達の同期のパーティーや、いつも絡んでくるヤツらもいる。

並んでいる冒険者の後方、少し離れたところにギルドマスターのキースが見えた。

目が合うとキースは俺達だけでなく、ここにいる冒険者全員にも聞こえるように声を出す。

「タクミとミアよ。『精霊の狩人』からお前達がドワーフを殺害したと報告があった。そしてお前の服に血が付いている。これはどういうことだ？」

丁度いい。探す手間が省けた。どうせ何を言っても無駄だ。

俺はミアに、何があっても俺から離れないよう指示する。

ミアに人殺しをさせたくない。人殺しは俺だけでいいだろう。

俺は光刃《ライトセーバー》の剣のグリップを右手で掴む。光刃は出ていない。

そして降参を示すように両手を頭上高くあげた。

俺の様子を見て、ミアも両手を高くあげる。

俺達はキースに向かってゆっくりと歩く。

キースは逃げるでもなく、危害を加えられる心配を微塵《みじん》もしていない。

この場にいる冒険者達は、見ているだけで足を止めていた。

俺達が降参し、武器を渡すため歩いているように見えたのだろう。

キースの正面、距離にすると約四メートル離れた位置で止まる。

俺は、右手に持っていた光刃《ライトセーバー》の剣のグリップをキースに向けて差し出した。

キースは勝ち誇った表情でニヤける。

ブゥーン
赤い光刃が、冒険者達の隙間を通り抜け、キースの心臓めがけて伸びる。

ブ……ブブ……パリーン
キースの手前の空間が砕けた。

まるで見えない窓ガラスがそこにあったかのように。

「ば、バカな。結界魔法が破られるだと……」

キースの言葉を遮《さえぎ》るように、ＳＰ三〇を使って伸ばした光刃は、キースの心臓に突き刺さった。

そして、俺は腹にたまった憎悪を吐き出すように、復讐の刃を振り上げる。

キースの心臓と頭は、縦に切断された。


——なんだよこれ。

　ちっとも嬉しくないんだけど——


目からひとすじの涙がこぼれた。

悔し涙なのか、悲しみの涙なのか、それとも別の意味がある涙なのか。

俺には理由がわからなかった。

そして声を荒らげて叫ぶ。

「俺達はこの街を出る。邪魔するヤツは敵と見なす！」

いつも絡んでくる冒険者四人組が、俺の忠告を無視して襲いかかってきた。

「バカが、この人数に勝てるわけないだろうがよっ！」

光刃の剣《ライトセーバー》とバリアで四人を瞬殺する。

「おい、嘘だろ。一瞬だぞ。不正してBランクになったんじゃないのかよ」

「あんな武器見たことないぞ。スキルか？」

「ギルマスが死んじまったぞ。あいつを殺しても報酬もらえないんじゃないか……」

ざわめくまわりの声が聞こえる。

異世界人も多い。俺の戦いぶりを見て、戦意を無くしたようだ。

もともと異世界人に、ギルドや街への忠誠心なんてないだろうしな。

「な、何をやっている。キース殿が殺されたのだ。ギルドマスターが殺されたのだぞ。そいつらを捕まえろ！」

遠くでエルフの冒険者が叫んでいたが、俺達を捕まえにくるヤツは誰もいなかった。

「ぐぐぅ……貴様っ、絶対に生かしておかんぞ！　覚えておけ！」

そう言うと、エルフとその仲間達はここから離れていく。

今後の憂《うれ》いを断とうと思ったとき、同期のパーティーである『ラノベ愛好会』のヤツらが近寄ってきた。

「タクミ、ミアちゃん大丈夫か⁉　何があったんだ？」

「ククトさんとマルルさんが殺された。『精霊の狩人』とギルマスの仕組んだ――」

俺は簡単に事情を説明した。その話を聞きつけて、他の同期の冒険者パーティーも集まってきた。ククトさんやマルルさんにお世話になったヤツらだ。

みんな、ククトさんとマルルさんのために怒りに震え、涙を流した。逃走の手伝いの申し出や、お金やアイテムを持って行けと言われたが全て断った。俺達に関わると、罪になる可能性があるからな。

「そういう訳だから。みんなも冒険者ギルドには気をつけてくれ。復讐とかそういう軽はずみな行動はするなよ。それじゃあな」

俺はミアを探す。あれかな。どうしたわけか女性四人に囲まれていた。

「あっ、タクミ。こちらは、わたしがこの世界に一緒にきたパーティー。アサミさん、彼がいま話していたタクミです」

この場で『やっちゃってください』ってことじゃないよね？

「あっ、タクミ。なんか勘違いしてるようだけど……アサミさん達は、わたしに謝罪しにきてくれたのよ」

「あんたがタクミね。私達が言えた義理じゃないけど、ミアをよろしく頼むわ。ミアと別れてから、知り合った冒険者とすぐに商人の護衛クエストを受けてこの街にいなかったのよ。

あんたがいなかったら、今頃死んでいたってミアが言っていたわ。本当にありがとう」

「そうだったんですね。俺もミアと知り合えて良かったです。いろいろ助けてもらってますし。積もる話があるかもしれないんですけど、俺達ここを離れないといけないので、また機会があれば話の続きはそのときに」

「そうだったわね。ミア、それじゃあね！　ちゃんと逃げるのよ」


――俺達はバーセリーの街を出た。

街の出口では、同期の冒険者達が手を振って見送ってくれた。

俺達に対する追跡を遅らせるため、朝まで誰もこの街から出られないように工作してくれるそうだ。

この街で得たものは多かった……けれど、かけがえのないものを失った。

笑いながら語り合った未来を叶えるため、俺達はドワーフ王国へと続く月夜の道に歩を進めた。

第6話 陰謀

——二ヶ月後。

俺達は、人族の国『メルキド王国』の王都『メルキド』にきていた。

この都は、ドワーフ王国へ行く途中に位置する。

バーセリーの街を出た後、ギルドマスターと『精霊の狩人』を含む冒険者を殺した罪で、俺とミアの手配書が各地に出回った。もちろん、この王都にも俺達の手配書は届いている。れっきとしたお尋ね者であり賞金首だ。

なぜ普通に過ごせているのか？

この世界の手配書には、似顔絵がないからだ。

街や村に入る時、必ず身分証もしくは冒険者カードの提示が必要になる。

そして、ゴールドの受け取りや支払いにも使われている。

身分証や冒険者カードの利用を監視すれば、いずれは足がつくのだ。

これらは魔道具で出来ているため、偽造《ぎぞう》や他人のカードが利用できない仕組みになっている。

だから、似顔絵なんて不確かなものは使われない。

俺以外の冒険者なら、それで捕まえることが出来るからな。

俺は『改ざん』スキルで冒険者カードに記載されている名前を変更した。

そして他の文面は『なりすまし』スキルで、全く別人の情報に偽装。

これで監視の目をくぐり抜けることができた。

ちなみに職業は、俺が『鍛治師』、ミアが『技巧師』に偽装してある。

怪しまれずドワーフ王国へ行くための理由付けだ。

ただ、バーセリー近郊の村や街に寄ることはできなかった。

俺達の顔を知っている人間に見つかる可能性があるからだ。

ここに来るまでに、バーセリーの街を出発してから二ヶ月が過ぎていた。

俺とミアのレベルは二五まで上がっている。

この王都に立ち寄った目的は情報収集だ。

俺達が欲しい情報は四つ。

一つ目は、この世界の地図。

二つ目は、ドワーフ王国の王都ゴンヒルリムがあるシラカミダンジョンについて。

三つ目は、シラカミダンジョンまでの移動手段。

四つ目は……この世界における『蘇生』についてだ。

俺達はククトさんとマルルさんの死に直面したとき、元の世界の常識で考えていた。

この世界でも死者は蘇生できないと決めつけていた。本当にそうなのか？　俺達はこの世界について何を知っている？　もしかしたら、魔法で簡単に生き返るかもしれない。

この疑問から生まれた希望が、虚脱感に蝕《むしば》まれていた俺達を救った。

ミアの『デフォルメ』スキルで試行錯誤すれば、蘇生できる可能性はある。

けれど、失敗したときは二度と蘇生できなくなる可能性も高いので、最終手段になるだろう。

これに関して、俺は期待していることがある。

エルフがいるんだ。

きっと大きな木の葉っぱもあるに違いないと。

この王都には国立図書館がある。お金を払えば禁書以外なら誰でも読めるらしい。

まずはそこで情報収集だ。

――国立図書館まであと少しの距離にある交差点で、俺達は馬車が通り過ぎるのを待っていた。

今日の予定について考えを巡らしていると、後ろから走って来た五歳ぐらいの女の子が、そのまま道路に飛び出した。

「へ？」

前触れもなく起きた、まさかの出来事《テンプレ》に俺は動けなかった。

マズい！　馬に踏み殺される。

そう思った瞬間、飛び出したミアが子供をかばうように抱えていた。

馬車の御者はミアに気づき、慌てて馬車を急停車させようとするが、馬はミアたちを踏みつけようとする。

その瞬間、ミアの『心の壁』バリアが発動し、馬の脚を弾いた。

俺はミアに近づき、声をかける。

「大丈夫か？」

「ええ。大丈夫。それよりも……」

ミアは抱えている子供を地面に立たせ、怒るわけではなく、落ち着かせるような口調で話しかける。

「怪我は無かった？　急に飛び出したらダメだよ」

見たかぎり、子供に怪我はなさそうだ。

後ろから女性の声がした。

「アンナ！　大丈夫。アンナっ！」

「ママ、ママ。怖かったよー」

母親の顔を見て安心したのか、子供は泣きながら母親の元へ走り出す。

飛び込んでくる我が子を抱きしめ、母親は安堵《あんど》の表情で喜んでいた。

「――皆さん、お怪我はありませんか？」

いつの間にか、馬車から二人の男女が降りて来ていた。

金髪の美男美女で、歳は二〇代半ばに見える。全身から不思議な生命力があふれ、目が離せない。吸い込まれるように、どんどん惹《ひ》き込まれてしまう。

ま、まさか、これが陽キャの最上位クラスか⁉

その二人の姿を見た母親は、頭を深く下げた。

「剣聖様、大変申し訳ありません。こちらの方が、娘を助けて下さいました」

「剣聖？　あっ、剣聖様だ！」

「きゃー、剣聖様ですわ！」

「姫様だ。姫様もいるぞ！」

――ん？　なんだ。どうした。この二人は有名人なのか。

どんどん人が集まってくる。

「困ったな……これでは通行の邪魔になってしまう。そちらの方々、是非お礼がしたい。さあ、馬車に乗って」

剣聖と呼ばれる男が、さわやかな笑顔で俺達を馬車に誘う。

「あっ、俺達は用事があるので結構です」

「君達、異世界人だろ？　僕も異世界人だよ。これも何かの縁《えん》だ。お礼をさせてくれ。さあ乗った、乗った」

『異世界人』という言葉に考えを巡らせてるうちに、俺達は半ば強引に馬車に乗せられてしまった。馬車の外は人で溢れている。ここから脱出するのは無理だな。街の人を怪我させてしまう恐れがある。

　俺は念のため、警戒するようミアにアイコンタクトを送る。

　バリアを見られた可能性があるからな。

　馬車が出発すると、まわりから歓声が聞こえる。この二人の人気は、もの凄かった。

「驚かせてすまない。僕の名前はアーサー・ウィリアムズだ。隣りにいるのはメアリー・ウィリアムズだ。名前からわかるとおり兄妹だよ」

「俺はタクマで、こっちがミオです。二人でパーティーを組んでます」


　——馬車は大きな屋敷へと入っていく。

「さあ着いた。ここが僕の屋敷だ。礼儀作法とか何も気にしなくて大丈夫だよ。堅苦しいのは苦手なんだ」

　馬車から降り、正面玄関へと歩いていく。

　執事やメイドなどの使用人達が、整列し出迎えてくれた。

　俺達は応接室に案内された。

　室内は高級感が嫌味にならない趣味の良い家具に囲まれている。

　それは、この屋敷の主に似ていた。

　ノックの音でメイドがドアを開くと、アーサーさんとメアリーさんが入ってきた。

二人が俺達に近づいてきたので、俺達も椅子から立ち上がる。

「タクマ、ミオ、轢《ひ》かれそうになった子供を助けてくれてありがとう。危うく怪我をさせてしまうところだった。本当にありがとう」

ミアは微笑み、首を横に振る。

「いえいえ、気にしないで下さい」

「人を守るのが僕の役目なのに、危うく傷つけるところだったからね。本当に助かったんだよ。そして、何かお礼をさせてほしい。君達はいつこの世界に来たんだい？　僕達はこっちの世界に来て、もう一〇年目になるかな」

少し懐かしそうな表情を見せる。

「俺達は五ヶ月ぐらい前です。ところで、どうして俺達が異世界人だと思ったんですか？」

「君達のような若さで馬に撥《は》ねられて無傷というのは、この世界の人族では考えにくいんだ。熟練の冒険者ならまだしもね。だから異世界人と思ったのさ」

バリアを見られたわけじゃない？

嘘をついているようにも見えないが、バーセリーの出来事が俺を疑心暗鬼にさせる。

「この工都には情報収集？　それとも生活拠点にしようと来たのかな？」

「主に情報収集です。特に地図がほしくて」

お礼をもらえるなら地図が欲しい。

「この世界の地図はものすごく貴重なものだ。手に入れるのは難しいだろう。だが、僕は地図を持っているので見せることはできるよ」

「是非見せて下さい」

「もちろんだとも」

　アーサーさんが笑顔でそう言うと、すぐに執事はどこからか地図を持って来た。

「地球の地図と比べると正確性は大幅に劣るけど、かなり役に立つよ」

「「おおおおお！」」

　俺達はこの世界の地図を見て、驚きの声が出た。

　世界地図は、真ん中に大きな大陸が一つあるだけだった。

　なんてシンプルな世界。マジですか？

「大陸が一つだけなんて驚いただろ？　僕も初めて見たときに驚いたよ。他の大陸があるかどうかはわからない。誰も確かめてないからね。この世界に飛行機は無いんだ」

「なるほど。大陸中央より少し下の赤い丸、ここが王都メルキドですか？」

「そのとおり。大陸を時計に見立てると、一二時から二時までが魔族の国『ゾフ』。二時から三時までがドワーフの国『ゴンヒルリム王国』。三時から九時までが人族のメルキド王国。九時から一二時までがエルフ族の国『ティターニア』だよ」

　これはまたとないチャンスだ。いろいろと聞くか。

「ドワーフの国は、シラカミっていう山しか書かれていないんですね。街はないのですか？」

「そこには、霊峰シラカミと呼ばれる山しかない。霊峰シラカミの中に、シラカミダンジョンと呼ばれる世界最大のダンジョンがあるんだ。ドワーフ達は、そのダンジョンに住んでいるという噂だよ」

俺はエルフの国を指さして尋ねる。

「エルフの国は、緑色に塗りつぶされてますけど、すべて森なんですか？」

「この世界はエルフの権力が強くてね。エルフの情報を何かに書き残したり、口外したりするのは禁止されているんだよ」

さすがエルフ様だ。お国も特権階級らしい。

後は魔族の情報かな。

「魔族の国には街が一つだけなんですか？」

「大きな街は、王都ゾフだけと言われている。王都以外にも少数の集落は点々とあるらしい」

「アーサーさん、お願いがあります。この地図を書き写してもいいでしょうか？」

ミアがうずうずしながら、アーサーさんに尋ねた。

「本当は禁止されているのだけど、今回はお礼として特別だよ。ただし、書き写した地図は誰にも見せないようにね」

俺達はお礼を言い、ミアに書き写してもらった。さすが職業が『画家』だけのことはある。ミアの書き写した地図はまるでコピーしたかのように精巧で、アーサーさん達も驚いていた。

――ん？　職業か……この二人の職業はなんだろうか。

「アーサーさんとメアリーさんは、どんな仕事をされているんですか？」

ミア、ナイスな質問だ！

「僕は『剣聖』として国を守っているよ。メルキド王から『剣聖』の称号をいただいてるからね。実はこの屋敷や使用人達は、すべてメルキド王が用意してくれたものさ」

「だから街で『剣聖』『姫』って呼ばれてるんですね。ということは、メアリーさんはお姫様⁉」

「ふふふふ。違いますよ。あれは私達の冒険者時代の二つ名です。私も、今はお兄様と同じく国に仕えてます」

メアリーさんは笑いながら答えた。

この二人のステータスの職業やスキルを聞くのは止めておいた。

マナー違反なのかどうかはわからないが、初対面で職業やスキルを探るのは、『精霊の狩人』のヒロシとかいう異世界人を思い出すから嫌なのだ。

次は、シラカミダンジョンについて聞いてみるか。

「俺の職業は『鍛冶師』で、ミオは『技巧師』なんです。ドワーフの国で修行したいんですけど、行く方法とか知ってますか？」

「生産系なんだね。確かにドワーフの技術はすごい。ただ、この世界は魔道具に依存しているから、ドワーフはかなり肩身の狭い状態なんだ。ドワーフも他種族を警戒しているからドワーフ王国での修行は難しいかもしれないよ」

「ダメ元でも行ってみたいんです。馬車とか出てないでしょうか？」

「シラカミダンジョンの入り口は複数あって、メルキド王国側にも一つある。その入り口に一番近いモーラ村まで、馬車を乗り継いで行くのが良いと思うよ」

アーサーさん達は、王都の馬車乗り場への行き方も教えてくれた。

「アーサーさん達は、シラカミダンジョンに行ったことはあるんですか？」

「あるよ。地下三階までは敵も弱くて簡単に行けるんだけど、そこから下は巨大な迷宮になっている。僕らが地下六階まで行ったときは半年かかったよ。食料が不足して撤退したから、地下六階より下は今でも未知の領域だね」

ドワーフ王国の王都ゴンヒルリムがある地下三階までは苦労せずに行けるのか。

ダンジョンを制覇するつもりはないので、全く問題なしだな。

では……最後の質問といきますか。

「バカなことを聞くようで恥ずかしいんですけど、この世界は死んだら蘇生できますか？」

俺とミアの真剣な雰囲気が、全員の顔つきを変えた。

「僕の知っている限り、蘇生する方法はない。ただし、この世界にはまだ知られていない魔法やスキルが存在するだろうから、一〇〇％蘇生できないとは言い切れない」

ショックを受ける必要はない。予想の範疇だ。

こうなったら、ミアが蘇生をイメージできるアイテムを探し出すだけだ。

　まさか王都で集めようと思っていた情報が、一日で全て集まるとは。

　ウィリアムズ兄妹に感謝だな。

「今日は本当にありがとうございました」

「何か困ったことがあったら、いつでも相談にのるよ。あっ……」

　アーサーさんは何か思い出し、言うか言わないかを悩んでいるようだった。

　この手の情報は、聞き逃すとトラブルに見舞われるのが相場だ。

「どうしました？」

「……モーラ村に行くのなら、早めに出発した方がいい。実は、明後日のお昼に中央広場で魔族の公開処刑がある。もしかすると魔族の襲撃があるかもしれないんだ。そうなると、警備が厳しくなって王都から簡単に出られなくなる」

「魔族？　その魔族は何をやったんですか？」

「エルフを襲ったらしい。メルキド王国の外での出来事だから、詳細は誰も知らないんだ」

　メルキド王国の外で起こった事件だよな。

　なんで、メルキド王国の王都で公開処刑するんだ？

　アーサーさんは呆れたように言った。

「わざわざ処刑するためにメルキド王国に連れてきたのさ。嫌な予感しかしないだろ？」

　俺が疑問に思ったことを察したようだ。

「処刑は中止にできないんですか？」

アーサーさんは少し困った表情で言葉に詰まる。

その心境を察したかのように、メアリーさんが悲しげな表情で答えた。

「メルキド王は暴君ではありませんが、エルフに頭が上がらないのです。魔道具をおさえられていますので。だから処刑は止められないでしょう」

なるほど、人族の王様もエルフの圧力に屈してるわけね。

俺が思っていた以上に、エルフ様は高貴な身分らしい。

「情報ありがとうございます。俺達も早めに王都を出たいと思います」

俺達は礼を言い、屋敷を後にした。


――今日泊まる宿屋を探すことにした。

大きな通りに出るまで、俺達はとりとめのない会話をしながら散策する。

「アーサーさんとメアリーさんが、Ｓランク冒険者だったのはびっくりしたな」

「纏《まと》ってるオーラが違ったわ。格好良かったわね」

「ああいうのがタイプなのか？　王子様に憧れるとか、ミアにはちょっと……」

「ムッ……そういうタクミは、鼻の下が伸びて恥ずかしかったわよ」

「んなわけあるか……って、ちょっと待て」

ふと、まわりを見渡したとき、違和感に気づく。

人気が全く無いのだ。それに静か過ぎる。

人工的に作られたような静けさに違和感があるのだ。

まわりは石造りの建物が並ぶ一本道。

逃げ道が無い。マズいな……。

来た道を戻ろうとしたとき、フードを目元まで被ったローブ姿の人物が前から歩いてくる。

嫌な予感しかしない。これはダメなやつだ。

ミアは俺の背後にまわり、後方を警戒する。

ローブ姿の人物は俺達の前で足を止めた。

「少し聞きたいことがある。素直に教えてくれれば悪いようにはしない」

渋みのある男の声だった。

言ってる内容はどうかと思うが、エルフのような威圧的な口調ではない。

「顔を隠して言われても信用出来ないです」

「……」

ローブの男は、フードを脱いだ。

四〇代ぐらいの黒髪短髪、シャープな顔つきのイケメン。……いや、イケオジかな？

ただ、瞳の色が赤かった。

「それで聞きたいことは何ですか？」

「……お前、魔族を見ても驚かないのだな」

――え？　魔族だったのか。

「魔族を初めて見ました。瞳の色が赤いのは魔族の特徴ですか？」

「ああ、そうだ。魔族は瞳が赤い」

目の瞳は鮮やかな赤紅色《あかべに》だった。

フードで目元を隠すわけだ。これは目立つ。

「魔族の瞳のことを知らない……お前達は異世界人か？　魔族と知って攻撃してこないとは珍しいな」

異世界人、脳筋すぎるだろ！

「俺達はドワーフの味方で、エルフのことが嫌いな異世界人です。魔族とも仲良くしたいと思ってます」

「はっははははは。お前おもしろいな。そんなこと言うヤツは初めてだ。その話、何か証明できるものはあるか？」

魔族の男は、急に真剣な顔つきになった。

どうする？　コレを見せても大丈夫なんだろうか。

かなり迷ったが、収納ポケットから腕輪を取り出して見せた。

「ま、まさか、『ゴンヒルリムの通行証』か!?　人族でそれを持つとは……誰から受け取った？」

「バーセリーに住んでいたククトさんです」

「ククト……って、マイスターのククト殿か？」

マイスター？　ドワーフ族の称号みたいなものか。

俺は魔族の男に、ククトさんとマルルさんの話をした。

「にわかには信じがたいが……その腕輪を着けることはできるか？」

俺は右腕に腕輪を着けてみせた。

「……わかった。お前を信用しよう。『ゴンヒルリムの通行証』には盗難防止の仕掛けがあり、腕輪の主から認められた者しか身に着けることはできないと聞いたことがある」

魔族の男が言うには、『ゴンヒルリムの通行証』は、俺達が思っている以上に貴重なモノらしい。

「少し話がしたいのだ、場所を変えよう」

俺達は頷き、魔族の男のあとをついて行く。

そういえば、周囲の違和感が消えていた。

魔族の男に聞くと、人払いと盗聴防止の魔道具を使っていたらしい。

しばらく歩いた先で魔族の男は酒場に入る。

店の男に話しかけると、奥の部屋に案内された。

「ここは魔族と繋《つな》がっている店だ。今、盗聴防止の魔道具で結界を張った。外に話が漏れることはないので安心してくれ」

この店に俺達を連れてきたことが、俺達を信用している証ってわけか。

「信用してくれてありがとう。このお店やこれから話すことを口外しないと約束するよ」

ミアも頷く。

「俺はタクミ、こっちはミアです。それで、何が聞きたいんですか？」

エルフと人族以外を信用する俺は本名を教えた。

「オレの名前はゲイルだ。実はタクミ達に声をかけたのは『剣聖』の屋敷から出てきたからだ。囚《とら》われている魔族について何か知っていれば教えて欲しい」

ゲイルさんは切羽詰まった表情をしていた。

俺はアーサーさんから聞いた話をゲイルさんに教える。

「――タクミ達は、捕まっている魔族について何か聞いているか？」

「エルフを襲った罪で捕まったとしか聞いてません」

「ば、バカな。エルフが魔族領に侵入して連れ去ったのだ。そして攫われたのは……魔族の王女カルラ様だ」

ゲイルさんの強く握りしめられた拳は、怒りでプルプル震えていた。

やはり個体の問題じゃないな。エルフは種族的に完全にアウトだ。

「我々は人族に何の恨みもないが、このままだと王女を救うために人族と戦うことになる。エルフの企《たくら》みだと知っていてもだ」

「なぜアーサーさんを見張っていたんですか？」

「『剣聖』は人族最強の男だ。王から信頼されているあの男は、今回の件を必ず知っている。

だが、直接会うことはできないのだ。『剣聖』が魔族に敵意を持っていた場合、我々と全面戦争になる恐れがあるからな」

　ゲイルさんは俺達を見る。

「だから『剣聖』の屋敷に出入りする人族を狙った。何か知っている可能性にかけたのだ」

「なるほど。けれど、アーサーさんに協力をお願いしても無理かと。メルキド王はエルフに逆らえないそうです」

「そうか……やはり、力ずくで王女を救出するしかないか」

　ゲイルさんが意思を固めたようにつぶやいた。

　ミアが何か言いたそうな表情で俺を見る。嫌、ダメだ。俺には世直しの趣味はない。

「わたし達も手伝いますよ。エルフに恨みもあるので」

　ミアさん、何を言い出すんですか？

「タクミ、お願いだから聞いて。もうエルフの理不尽で、人が亡くなるのを見たくないの。あなたに迷惑をかけているのはわかっているんだけど、それでも……見過ごしたくないの。ダメ？」

　ミアが何を言いたいのかはわかる。けどな……。

「ありがとう。だが、今回の救出作戦にタクミ達を組み込むことはできない。メンバー全員の信用を得るには時間が足りないからな。だが、もし俺達の救出作戦が失敗したときは……い、いやなんでもない。忘れてくれ」

確かに、知り合ったばかりのヤツに、大切な作戦を教えるとかないな。

俺はゲイルさんから離れ、ミアを手招く。ミアは不安そうに近寄ってきた。

ペチッ！　俺はミアのおでこにデコピンをした。

「いったぁ……いきなり何するのよ⁉」

「ミア、明後日にこの街を出るぞ。そのとき中央広場に寄ってみるか？　寄るだけだからな」

「ふふふっ。わたしもその広場に行ってみたかったの。ありがとう！」

ゲイルさんはゆっくりと身体を反転させ、俺達に背を向けた。

「……すまない。本当にありがとう。これは俺の独り言だ」

俺とミアは笑った。


――あの後、ゲイルさんは仲間と会うと言ってすぐに別れた。

俺達は今日泊まる宿屋を探すことにした。

ゲイルさんに案内された酒場から近いところに、いつもより少し高級な宿屋を見つける。

俺達は、奮発《ふんぱつ》してその宿屋に決めた。

王都には今日と明日の二日間しかいないからな。


――そして今、食事を終えたところだ。

「ちょっと話したいことがあるんだけど、いいかな？」

ミアがモジモジしながら聞いてきた。

「ああ、どうした？」

「タクミの『改ざん』スキルってさ、例えばだけど『石』を『猫』に変えられるのかな？」

急に何を言い出すんだ？

「あ、違うよ。別に猫を飼いたいわけじゃないの。なでなでしたいわけでもないのよ。ちょっと疑問に思っただけ」

こいつは絶対にモフモフ愛好家だ。

「な、何よ、その目は……」

そんなバカなことが出来るわけない。けど、念のためやってみるか。

俺は収納ポケットから強化する前の石を取り出す。

そして『分析』スキルでステータスを見ると、名前は『石』と表示されていた。

『改ざん』スキルを使い、名前を『石→猫』に変えてみる。

これができたら、俺は神になれるのでは……と思ったが、一〇分経っても何も起きなかった。

「じゃあ、『石』を『岩』にするのは？」

「……できるんじゃないのか」

自分の発言が矛盾しているのはわかってる。けど、違和感なくできると思ってしまった。

実験に成功した場合、この部屋の床が抜ける可能性があるので、近くの広場へ移動する。

――広場で早速実験を行った。その結果、三センチの石は五〇センチぐらいの岩になった。

「『猫』にできないのに『岩』にできるなんて不思議よね……。どうして五〇センチぐらいの小さな岩になったんだろう？」

「え、これ小さいの？　俺の中で岩はこの大きさなんだけど」

「わたしのイメージだと岩って二メートルぐらいだったの。だから、ちょっと小さいかなって」

いやいや、二メートルってデカすぎるだろ。

俺のイメージだと、かなりの大岩って感じだな。

「それなら一度『石』に戻して、今度は二メートルぐらいの『岩』にしてみるか」

俺は二メートルぐらいの大きさの岩をイメージして、『改ざん』スキルで『石→岩』に変更してみた。結果、『改ざん』スキルは発動しなかった。

「どうしてだろう……大きさに制限があるとか？」

ミアがつぶやく。俺はなんとなくわかってきた。

二メートルの岩って、俺の中では大岩って感じなんだよな。

だから一文字では『改ざん』できないので失敗したんじゃないのか。

イメージというよりも自分の中の常識？

自分でコントロールできない意識というか……無意識。

『無意識の思い込み』って言葉がしっくりくる。

俺はもう一度『改ざん』スキルで『石→猫』に変えてみる。

必ず出来ると思い込んでやってみたのだ。

——一〇分経過。

ダメだ。『改ざん』スキルは発動しなかった。

そりゃそうだ。そんな簡単に『無意識の思い込み』は変えられない。

冷蔵庫の扉を開けるのに、どうやれば開くかなんてイメージは不要だ。

右手、左手、それとも両手で開けるなんて考えない。

冷蔵庫の中を見たいと思ったら、勝手に冷蔵庫を開けている。これが『無意識』だ。

『石』を『猫』に変えるのに、努力している時点で無理だったのだ。

これまでの実験で、俺は一つの仮説にたどり着いた。

『スキル』自体に性能面での制限はない。スキル使用者の『無意識の思い込み』が性能面の制限になっている。

例えば、『ファイアー：火の玉が出る』というスキルがあったとする。

メテオのような隕石を上空から振らせたり、五センチぐらいの火の玉がビヨーンと飛ぶだけだったりと、どんなスキルになるかは使用者の『無意識の思い込み』で決まるということだ。

戦闘系の職業を選んだ人はかなりキツイかもな。下手にゲームの知識があると、『レベル一で使えるスキルがメテオだった』なんて発想にならないよな。

でも、ミアの『デフォルメ』スキルはどうなんだ？

自分の『無意識の思い込み』が『スキル』に制限をかけるなら、ミアはなんであんなに突《とっ》拍子《ぴょうし》もないことができるんだ？

あっ、『絵』だ！

俺は「デフォルメ」スキルを使うとき、頭の中のキャンバスに描くようにと教えた。

『絵』は『無意識の思い込み』が影響されにくい。

空を飛んだり、宇宙へ行ったりとなんでも描ける。

……けど、収納アイテムは作れなかったな。……そうか！　素材に対しては『無意識の思い込み』が影響するってことか‼

これは俺の予想だが、『象』のぬいぐるみは鼻から水を出せるが、『猫』のぬいぐるみは鼻から水を出せないはずだ。

この仮説――俺は『隠しルール』と名付けることにした。

全て仮説に過ぎないが、充分な成果だった。

ラノベ好きでチートスキルがあたりまえになっているヤツは勝ち組だろう。

『俺様最強～！』の自信過剰《じしんかじょう》なヤツが、チートスキルを持ったときは最強最悪になるんだろうな。

うん。危険すぎる。

この『隠しルール』は絶対に秘密だな。

「さてと、検証も終わったし帰ろうか」

「えー、せっかく外に出てきたんだから、ちょっと飲んでから帰ろうよ」

もうクタクタだから帰りたい。どうするか……

「でも、明日いっぱい買い物したいだろ？　せっかく王都に来たんだから服とかも買えば？」

「服ほしい！　そうよね。明日一日しか買い物する時間なさそうだし」

「だから今日のところは帰って、明日は早くから買い物に行こう」

「どんな服あるんだろ……楽しみだね」

宿屋への帰り道、俺は勝利の余韻《よいん》にひたるのであった。


――翌日、今日は一日かけて旅の準備をすることになっている。

「タクミ、準備できた。早く行こう？」

「……あと一〇分……いや、三〇分……寝かしてくれ……」

「早く行こうよ。買い出しが終わらなくなるから！」

「……ミア、後で……ゴールド払うから……買ってきて……くれ」

ダメだ。眠い……逃亡生活の疲れが……。

「昨日、一緒に行くって言ったでしょ！　おりゃー‼」

ミアは俺の布団を両手で掴み、思いっきり剥《は》がした。

「――きゃぁぁぁ！　なんで裸なのよ‼　変なモノ見せないでよ。早く服を着なさい」

ミアは布団を俺に叩きつけ、慌てて部屋から出て行った。

なんて失礼な女なんだ。被害者は俺の方だぞ……。


――午前中に旅に必要なものを買い揃え、昼飯も食べ終わった。

「食料品と回復アイテムは買ったから……これで服を見に行けるわね」

「武器や防具はいいのか？」

「いらないでしょ。今の装備より高性能になるとは思えないし、はっきり言ってタクミがいればなんとかなるし」

「服なんて今持っているやつで――」

「何言ってるの！　ここは王都よ。この世界でここ以上のお店があるところなんて少ないのよ」

大声でミアが叫ぶから、周りの視線が痛い。

「ねえねえ、そんなヤツは放っておいて、俺が買い物付き合ってやるよ。服も好きなだけ買ってやるぜ。へっへへへ」

声の方向を向くと、世紀末な時代に生きていそうなパンク姿の男達だった。

「えーっと、どちら様ですか？　コンサート会場はここにはないみたいですけど」

「よくぞ、俺達がロックバンドやってるってわかったなって、おまえは異世界人か⁉」

ミアが俺の方に、目で何やら合図を送ってくる。

「よかったな。好きなだけ服を買ってくれるみたいだぞ」

――ヤバい。どうやら地雷を踏んだようだ。ミアの目がマジで怒っている。

「そうそう。俺達と一緒に行こうぜ。なんだって買ってやるよ」

男はミアの肩に腕をかけた瞬間、『心の壁』バリアに弾かれて吹っ飛ばされた。

他のバンドメンバーも、四人がかりでミアを襲うも、全員バリアに弾かれ、吹っ飛ばされる。

「もういい。わたし一人で買いに行くから‼」

そう言い捨てて、ミアは一人で歩いて行ってしまった。

男の一人が起き上がり、腕をミアにむける。腕が淡く光り出した。

「ざけんなよ……これでもくらいやが――」

俺は後ろから男を殴り、意識を刈り取る。こんな街中で何をする気だ。正気とは思えない。

「てめぇ……俺達とやる気か？」

やってもいいけど、目立ちたくない。だから、Ｂランクの冒険者カードを見せる。

「金だと……Ｂランク冒険者かよ！　……ちっ、おまえら帰るぞ」

「くそっ、おまえいい気になるなよ。この街にはＳランクの死神がいる。イキがってると痛い目を見るぜ」

　イキがってるつもりはないけど、明日にはこの街を出るから死神とやらに会うことはないだろう。さてと、ミアを追いかけるか。

「そもそも、脇が甘いんだよ。まあ、美人だから声をかけられるのはしょうがないけど……」

　おっ、意外と近くにいたな。

　とりあえず、何も言わず横に並んでみる。おかしい……怒るどころか、少し機嫌が良い。

「わたしのことを守ってくれる王子様はいないのかしら……」

　突然どうした？

「身近にいるだろ」

「――念のため聞くけど、誰？」

「アーサーだよ。見た目も性格も完全に王子様キャラだ」

「はぁ……もういいわ。帰りにはデザート食べて帰らないとね」

「なんでだ？」

「わたし、甘いらしいからね。さあ、早く洋服を見に行こうよ」

　……どうやら、さっきの独り言は聞かれていたらしい。


　――公開処刑当日。風のない穏《おだ》やかな天気だった。

俺達は公開処刑が行われる中央広場から少し離れたところにいる。

昨日買ったポーションは、『改ざん』スキルで回復量を『１０→９０』に強化した。

ハイポーションの回復量が60ぐらいなので、充分すぎる効果だろう。

光刃の剣《ライトセーバー》は腰に着けている。上からローブを羽織っているので外から見えることはない。

どんどん人だかりが増えていく。今回の公開処刑は王都中に告知されているのか？

魔族に「救出に来て下さい」と言っているようなもんだ。

「おい、魔族の処刑が行われるらしいぞ」

「なんでも、人間の村を襲撃して食っているところを、捕まえたらしい」

はぁ……ため息が出る。これ絶対にエルフが吹聴《ふいちょう》しているな。

ここに多くの人を集め、魔族に襲撃させて犠牲者を出す。

人族と魔族の間に禍根《かこん》を残すのが狙いか。

おっ、アーサーさんとメアリーさんがいるぞ。

二人とも鎧にマント姿だ。白を基調としたプレートアーマー。渋い深みのある青がアクセントで入っている。マントも同じ青色だ。

そこだけがハリウッド映画のワンシーンに見えるほど、周りから浮いていた。

その横にエルフの団体がいる。見るからに高価な緑色の鎧を着た男《ミドリ》が、周りのエルフだけでなく、アーサーさんやメアリーさんにも指示を出していた。あのミドリがここの指揮官みたいだな。

俺達はフードを被り、アーサーさん達から見えない位置へ移動した。

――しばらくすると会場にざわめきが起こり、広場に四人の魔族が連れてこられる。

そのまわりを人族とエルフの騎士が一〇人ぐらいで警備していた。

中央広場の群集は、千人ぐらいに膨《ふく》れ上がった。

連れてこられた魔族は、その群衆の前にひざまずく格好で並ばされていく。

三〇～四〇歳ぐらいのいかにも戦士といった男性が三人。一〇代後半ぐらいの女性が一人。

全員目の瞳が赤く、それ以外は人族と変わらない。

口には猿ぐつわを着けられ、しゃべれないようにされていた。

騎士の格好をしたエルフの男が群衆の前に出てくる。

「これより罪を犯した魔族を処刑する」

罪状は何も読み上げられない。この世界でも、それが当たり前ということはないだろう。

「うがっ、むぐぐ、ぐむ……」

魔族達が必死に何か叫んでいるが、猿ぐつわで言葉になっていない。

しばらくすると、あきらめたのか首をうなだれ、叫ぶのを止めた。

それを待っていたかのように、顔に覆面《ふくめん》を被った男が斧を持って登場する。

あれが死刑執行人か……。

「タクミ……」

ミアは俺の袖《そで》をさっきからずっと握っている。

ハラハラしている気持ちが俺にも伝わってくる。

くそっ、ゲイルさんは何をやってるんだ。処刑が始まるぞ。間に合わなくなる。

けれど、俺達が動くとゲイルさん達の作戦を台無しにする恐れがある。

動けない……なんてジレンマだ。

死刑執行人が、一番端でひざまずいている魔族の男性の横に立った。

「人食いを殺せっ！」

「魔族は敵だぁ！」

あちらこちらから扇動《せんどう》するような声が聞こえる。魔族達に対する罵声《ばせい》が広場を埋め尽くす。

ミアが俺の袖を強く引く。

俺も我慢の限界を迎えようとした、そのとき——。

「グァァァァァァァァァァァァァァァァァアアアアアアア‼」

突然、空から地を揺るがすほどの咆哮《ほうこう》が響いた。音が衝撃となり身体を貫く。

なんだこれ。胸が苦しくなり、ドッと汗が出てきた。

俺の頭の中で、早く逃げろと警告が鳴り響く。

「きゃー」

「逃げろぉぉ！」

「ドラゴンだ。空からドラゴンがきたぞぉ‼」

悲鳴と叫び声が広場にこだまする。

俺は慌てて空を見上げると、そこには突如現れた一匹の赤黒いドラゴンが巨大な翼を広げ、広場から一〇〇メートルぐらい離れた場所に滑空《かっくう》して降りてきていた。

爬虫類《はちゅうるい》的な見た目にコウモリのような翼。西洋風のドラゴンだ。

上空にいるときはわからなかったが、近づくにつれてドラゴンの馬鹿《ばか》げた大きさに唖然《あぜん》とする。全長二〇メートルぐらいあるぞ。

いくらなんでも大きすぎるだろ……まるで怪獣だ。

ズドォォォォォォォォォォン！

地面が大きく波打つ。ドラゴンが両脚で着地した。

着地した衝撃であたりの建物が吹っ飛び、白い煙が上がった。

俺達は振動に耐えられず、しゃがみ込む。

ドラゴンの方を見ると、白い煙の上にドラゴンの頭が見えた。

ドラゴンは大きく息を吸い込みだした。首から口までを覆う鱗《うろこ》が透けるように赤く輝き出す。

怪獣映画を彷彿《ほうふつ》させる。……嫌な予感しかしない。

まだこの広場には逃げ遅れた人や魔族もいるんだぞ。

俺は振り返り、魔族がひざまずいていた場所を見る。

そこには魔族を取り囲んでいた騎士達が倒れていた。斬られた跡を見るかぎり、全員が一撃のもとに殺されている。騎士達を襲った相手はかなりの凄腕のようだ。

そして魔族はどこにもいなかった。全員がドラゴンに集中しているときに救出したのか。

ゲイルさんやるな。

ちょっと待て……ということは、ドラゴンはここを躊躇《ちゅうちょ》なく攻撃できる……。

「ヤバい！」

俺はミアの手をつかみ、広場から逃げ出す。

その瞬間、ドラゴンの口から大きな火の塊が広場めがけて放たれた。

この辺りが地獄絵図になると思ったとき、青白い閃光《せんこう》が大きな火の塊を縦に真っ二つにして消し飛ばす。青白い閃光はそのまま巨大なドラゴンの胸を切り裂いた。

鱗が裂け、大きく肉がえぐれて血しぶきが上がる。

「「‼」」

な、なにが起きた⁉

青白い閃光の残滓《ざんし》の先には、剣を振り下ろした男の姿があった。

アーサーさんだ。その後ろにメアリーさんもいる。

なんだ、あの斬撃の威力は……あれが『剣聖』。

人族最強の男はカイブツだった。

「グァァァァァァァァァァァァァァァアアアアア！」

ドラゴンが雄《お》叫《たけ》びをあげる。

俺はアーサーさんから目を離し、ドラゴンを見ようとしたときだ。アーサーさんの視界に入らないよう遠回りして、ドラゴンへ向かう一〇人ぐらいの集団が目に入る。

ゲイルさん達だ。そうか、ドラゴンに乗って脱出する作戦なんだな。

けど、今のままだとアーサーさんにドラゴンを倒され、脱出できなくなるぞ。

ミアが俺を見た。

「わたし達も行こう！」

何ができるかわからないが、俺達はゲイルさん達の後を追うことにした。


――俺達はアーサーさんとドラゴンが対峙《たいじ》している道から、二本となりの道を走っている。

先を走るゲイルさん達とは、四〇メートルぐらい離れていた。

斜め前に見える巨大なドラゴンの胸部に、青白い閃光がぶつかり血肉が爆《は》ぜる。


――ドラゴンが鳴き、見えない何かを掴むような姿勢で倒れていく。

ズドォォォォォォォン。

衝撃を受け、下敷きになった建物が崩壊し、大量の白い煙が上がる。

先を行くゲイルさん達も足が止まり、立ち尽くしていた。

「ミア、ゲイルさん達に話しかける。攻撃される恐れがあるので注意だ！」

うなずくミアを確認し、俺は腕に『ゴンヒルリムの通行証』の腕輪を着ける。

そして集団に向かって声をかけた。

「ゲイルさん！　ゲイルさん！」

武装をした数人の男が振り返った。戦闘態勢をとる男達をゲイルさんが止める。

「まて！　味方だ。昨日話した『ゴンヒルリムの通行証』を持つ異世界人だ」

「俺達は信用していない！　なぜここにいる？」

「こんな状況でリスクは負えない。殺してしまおう」

緊迫した空気に包まれる中、ひとりの女性が口を開く。

「待ちなさい。あなた達は何しにきたの？」

声の主は、二〇歳ぐらいで白銀のショートヘアが似合う愛らしい顔の女性だった。

ただ、魔族の特徴である赤い瞳は、鋭い光を放っている。

俺達はその女性が王女なのだと理解した。

「あのドラゴンに乗って逃げたいんですよね？　俺達ならなんとかできると思います」

王女はゲイルさんに視線を送る。

ゲイルさんは力強く頷く。

「カルラ様、この者達の『ゴンヒルリムの通行証』はマイスタークト殿の腕輪です。信用できます」

王女は俺の右腕の腕輪を見たあと、覚悟を決めた顔つきになる。

「リドをどうするつもりなの？」

リド？　……あのドラゴンの名前か？

「俺達がドラゴンを回復させます。その間の時間稼ぎをお願いします。視界の悪い今しかチャンスはありません」

「…………」

「とにかく今は時間がない！　煙が収まったら終わりだ。早く決断してくれ」

王女はゲイルさんを見たあと。

「――ゲイル信じるわよ！　みんな聞いて！　この異世界人の作戦でいくわ」

俺はゲイルさんに声をかける。

「ゲイルさん、ドラゴンの怪我の箇所まで案内して。時間がない」

俺達は他の魔族の様子を見ることなく、白い煙に飛び込み、ドラゴンのもとへ走る。

「まさか本当に来てくれるとは……ありがとう」

「それは無事に逃げられてからにしましょう」

ゲイルさんは感極《かんきわ》まってるようだが、今は本当に時間が惜しい。

リドと呼ばれるドラゴンの胸部には、長さ三メートルぐらいの傷が複数箇所あった。

血があふれているため、傷の深さはわからない。

この傷で生きている方も、傷を負わせた方もバケモノだ。

俺とミアのスキルは時間がかかるし、試行錯誤が必要になる。

今はポーションで一時的に回復して逃げる。これが最適解だろう。

「ミア、強化ポーションだ。ありったけ傷口にかけて！」

「わかったわ。ゲイルさんもこれをお願いします！」

三人でひたすらポーションをかけまわった。

「タクミ、なんだこれ。傷口がみるみる塞がっていくぞ」

「血は回復しないし、体力も戻らない。だから一か八かの賭《か》けです。楽観視しないで！」

「リドいけそうか？」

ゲイルさんがリドに話しかけた。

「クゥオン」

リドが返事をした？　もしかして言葉がわかるのか。

ゲイルさんが魔族達に向かって叫ぶ。

「リドが回復した。行けるぞ！」

……どうした？　なぜ王女はこない？

「ゲイルさん、なんか揉《も》めてますよ！」

ミアがそう叫ぶと、ゲイルさんは慌ててリドから飛び降り、白い煙の中へと消えていった。

少しすると、ゲイルさんは王女を肩に担《かつ》いで戻ってきた。どうやら気を失っているらしい。

塵《ちり》で汚れた王女の頬には、涙を流した跡があった。

マズいぞ。白い煙がけっこう収まってきた。

「ゲイルさん。残りの魔族はまだですか？」

「あいつらは残る。誰かが『剣聖』を足止めしないとやられる。これは俺達の中で既に決まっていることだ。彼らの命が無駄になる。行くぞ！」

俺達全員で、横たわっているリドの背中側に移動する。

背中にはいくつも搭乗用《とうじようよう》のベルトが垂《た》れ下がっていた。

ゲイルさんは、搭乗用ベルトの先にある留《と》め具を、自分と王女の腰ベルトにつなぐ。

俺とミアもそれを真似《まね》して、腰のベルトに留め具をつないだ。

「リド。いいぞ！」

ゲイルさんが叫んだ。

リドは倒れていた巨体を起こし、巨大な両翼を広げた。

周りの瓦礫《がれき》がバラバラと地面に落下し、再び白い煙が上がる。

これで、リドが飛べる状態まで回復しているのが相手にもバレたはずだ。

俺は戦闘が繰り広げられているあたりを見るが、白い煙で何も見えない。

今一番怖いのはアーサーさんの遠距離攻撃だ。

「ミア、アーサーさんを探してくれ」

「わかった。……まさかこんな形で再会することになるとはね」

俺達は探す。必死になって探す。

リドの高さは二〇メートルぐらいある。アーサーさんからは、リドが見えているはずだ。

リドの巨大な両翼が羽ばたく。強烈な風圧で煙が吹き飛び、巨体が浮いた。

あっ！　煙が消えた俺の眼下《がんか》では地上に残った魔族の戦士とエルフ達が戦闘を繰り広げていた。

——強い。多勢に無勢《ぶぜい》のなか、魔族の戦士達が一人、また一人とエルフを倒していく。

ついには、あのエルフの指揮官であるミドリの首が飛んだ。

これ、慌てて逃げなくてもよくないか？

王女を見ると、意識を取り戻したみたいだ。

「見つけた！　タクミ、あそこよ！」

ミアが指さす方向にアーサーさんとメアリーさんがいた。

白い煙を利用して、リドの後方に回り込んでいたのだ。

アーサーさんと目が合った気がした。

背中に悪寒が走る。

そして、アーサーさんのいる場所が青白く光り、どんどん膨れ上がる。

「リド、逃げろ！　急げ‼」

俺は全力で叫ぶ。

かける言葉はなんでも良かった。

自分の心を奮い立たせるために叫んだ。

「グァァァァァアアアアア！」

咆哮と共に、両翼を羽ばたかせ加速する。

「ダメだ。……間に合わない」

俺の言葉を聞いて、後ろを振り向くゲイルさんと王女。

「おいおい、冗談だろ。なんだあれ」

「うそでしょ……」

くそっ、勝手にあきらめるな！

「ミア、俺が防ぐ。バリア同士がぶつからないように注意してくれ！」

アーサーさんの攻撃を防いでる最中に、『心の壁』バリアが中和したら確実に死ぬからな。

「わ、わかった。諦めたらダメよ！　タクミなら絶対に防げるから‼」

よしっ！　任せろ！　絶対にみんな守ってやる‼

こっちのタイミングを待っていたかのように、膨れ上がった青白い閃光が光弾《こうだん》となり、俺達に向かって放たれた。

俺は『心の壁』バリアを張る。心の底から、この恐怖の塊を拒絶する。

八角形のバリアが発動し、アーサーさんの放った光弾がバリアと衝突した。

キュイイイイイイン。

甲高い音をたてて、バリアと光弾がせめぎ合う。

いつもは簡単に弾くのに。バリアが歪み、ブルブルと激しく震える。

「マズい。マズい。マズい。死ぬ。死ぬ。死ぬ。死ぬ」

俺の恐怖は極限に達する。それに呼応《こおう》するようにバリアの厚みが増す。

バリアは砕け散りながら、光弾を上空へと弾き飛ばした。

二発目を警戒し、遠く離れていくアーサーさんを見る。

魔族の戦士達が我先《われさき》にとアーサーさんへ襲いかかっていくのが見えた。

そしてリドはさらに加速し、とうとう王都は見えなくなった。


――俺は助かった安堵感でへたり込んだ。

座ったままみんなの方を振り向くと、ミアが俺めがけて飛び込み、抱きついたまま泣いていた。

緊張と恐怖の連続だったからな、しょうがないか。

俺は右手をミアの背中に回し、落ち着くまでこのままでいることにした。

「タクミ、本当に助かった。最後のアレはなんだ？　『剣聖』の攻撃を弾くなんて……」

ゲイルさんは未だに驚いてるようだ。まあ、俺もよく助かったと驚いてるんだけどね。

「本当にありがとう。この恩は決して忘れないわ……」

「アーサーさんの最後の攻撃を止めたのは、地上に残ってくれた魔族の戦士達でした。二発目を撃たせまいと飛びかかった姿が見えました。けど、その後どうなったかまでは……」

王女は俺達に礼を言い、そして王都メルキドの方に身体を向けて叫んだ。

「みんなありがとう！　私はみんなのことを絶対に忘れない！　そしてエルフどもにこの報いを必ず与えてやる！」

その声は単なる誓《ちか》いや決意ではなく、義憤《ぎふん》が籠もったものだった。俺の心には、王女の言葉が残り続けた。

第7話 シラカミダンジョン

――あれはタクマ？

ということは、同じ様な格好をしたもう一人はミオだったのか。

魔族を逃してしまったけど、アレを弾かれたんだからしょうがないよね。

「お兄様、あのドラゴンの背に乗っていたのはタクマさんのように見えたのですが……」

「あれはタクマだったと思うよ。ミオもいたね」

「え！　気づいていたのに攻撃したのですか？」

「いや、防がれてから気づいた。戦闘中は相手のことをあまり考えたくないんだ。嫌な仕事をするときは特にね……」

「申し訳ありません。お兄様の『剣聖』の責務の重さを考えればあまりにも浅はかな発言でした」

メアリーの言う通り、たとえタクマと気づいたとしても、攻撃しなくてはいけない立場だ。

僕は王の剣だ。

本来、剣に意思はない……意思を持ってはいけない。

しかし、それでも斬りたくないモノはある。

メアリーはそのことを知っている。だから僕に謝罪したのだ。

「気にするな。自分で選んだ道だからね。逆にメアリーを巻き込んで申し訳なく思っているさ」

「それこそ気にしないで下さい。私はお兄様のお役に立てて嬉しいですわ。それに、職業も――」

メアリーはしゃべっている途中で、ハッとした表情になる。

「あっ、そうですわ。大事な用件があったのです。陛下がお呼びですわ」

「嫌な予感しかしないよ。呼び出したのは陛下ではなく、あの女狐の方だろうね」

「今回の魔族の件も、あの女狐《めぎつね》閣下の企みですわ……私は行かなくてもいいですよね？」

「ダメだよ。殺されちゃう。一緒に行くよ」

気持ちはわかるが、何があるかわからないからね。たとえ陛下の御前《ごぜん》であったとしても。

「ふふふ、冗談です。あまりお待たせすると女狐閣下に怒られてしまいます。そろそろ行きましょう」

気乗りしないが、僕達は王城へ向かった。

――メルキド城。

「アーサーよ。ご苦労であった」

「陛下、一部の魔族を取り逃がしてしまいました。力及ばず大変申し訳ありません」

陛下は、側に立つ女とメアリーと僕を残し、他の全員を退室させた。

「堅苦しいのは抜きだ。状況は？」

メルキド王国は、専制君主制だ。王族のみで貴族はいない。

国王の威厳《いげん》を示すことは国の安定につながるのだが、現国王のメルキド三世は格式張ることを嫌う。体裁《ていさい》が必要なとき以外は気取らない応対を好むので、僕にはとても助かる。

「魔族を処刑しようとしたとき、魔族によるドラゴンの奇襲を受けました。私がドラゴンと戦闘している隙に、襲撃犯に捕らえていた魔族を奪還されました」

陛下の側に立つエルフの女性。エルドール大使が僕を睨み、あざ笑う。

この女は、二年ぐらい前にエルフ族から大使として送り込まれた。

それから国は豊かにはなったが、今まで以上にエルフの顔色をうかがうようになった。

「それでおめおめと逃げられてしまったのですか？」

「市街地にドラゴンを放置しては被害が大きくなります。ドラゴン討伐を優先しました。ドラゴンを倒した後、襲撃犯の殲滅戦に入りましたが、あと少しというところでドラゴンが復活し、数名の魔族と共に逃げられました」

「あなたなら簡単にドラゴンを殺せたはずよ。どうして手を抜いたのかしら？」

「市街戦だったので全力で攻撃することはできませんでしたが、かなりの重傷を与えたはずです。あれほどの傷を回復させるには、最高位の回復魔法、もしくは最高級のポーションが必要かと」

「それが実際に起きたと……まさか見逃したわけではないでしょうね？」

エルドールが疑いの目で見る。

「エルドール殿。アーサーは我が剣。意図《いと》して逃がすなどありえませんな」

陛下がエルドールをたしなめる。

そして陛下は話を続けた。

「その件については追手を出すとして……今日呼んだのは別の件だ。バーセリーの冒険者ギルドマスターが殺された件は知っておるな？」

そういえば、二ヶ月ぐらい前にそんな事件が話題になっていたな。

あれはまだ未解決だったのか。

「我らエルフも数名殺されたわ。捕まえて、死ぬよりも辛い苦しみを味わわせてやらないとね」

「犯人はわかっているのですか？」

「異世界人の男女よ。男の名前がタクミ。女はミア。赤く光る、見たこともない剣と、どんな攻撃も弾く結界魔法のようなものを無詠唱で使うらしいわ」

……タクマとミオのことか？

「そして、ドラゴンで逃げた襲撃犯の一味に、同じ様な結界魔法の使い手がいたと報告があったの。何か知ってる？」

「飛び去るドラゴンを撃墜《げきつい》しようと放った私の攻撃は、その結界魔法で防がれたようです」

「あら、隠さないのね。同じ人族として匿《かくま》うのかと思ったわ。さすがは剣聖ね。では、その人族最強の剣聖に命じるわ。その異世界人を生かしたまま捕らえてきなさい。もし殺した場合は、必ず首をもってくるのよ」

　この女……何の権限があって言っているのだ。

　僕はエルドールを無視して、陛下を見つめる。

　しばらくすると陛下が目を伏せ、力なく頷いた。

「――わかりました。必ずやその異世界人を捕まえてまいります」

「これで我がサイロス王の懸念も晴れるでしょう。人族が我々エルフ族に敵対の意思があるという懸念が」

　エルドールは、謁見の間から退出した。

「……すまぬ、アーサーよ。人族全体の暮らしを守るため、エルフには逆らえんのだ。情けないこの王を許してくれ」

「何をおっしゃるのですか。陛下がどんなに心を砕くような悲しみの中にいるか、近くで見てきた私は知っております。私は剣聖です。メアリーもいます。必ず期待に応えてみせましょう」

「頼んだぞ、アーサー。タクミとやらの追跡はどうするのだ？　ドラゴンに乗り、飛んで逃げたのであろう？」

「はい。心当たりはあります。我々が不在の間、王都に魔族が攻めてくる恐れがありますので、追跡は私とメアリーの二人で行ってまいります」

「そうだな。今回の処刑対象の魔族には、魔族の王女がいたそうだ」

「「‼」」

　ば、バカな……魔族の王女を攫ってきたのか。

「私も先程エルドールに聞かされた。あやつ隠していたな」

「これは……魔族との戦争は回避できないかもしれません。先程、必ずタクミを連れてくると言いましたが、捕まえられなくとも一ヶ月後には必ず戻ってまいります」

「うむ。アーサー不在の間に王国が滅ぶようなことは、あってはならんからな」

　このタイミングで私にタクミを追わせて王都から追い出すとは、エルドールは何を企んでいる？

「陛下。念のためギブソン将軍に冒険者ギルドを見張らせてください。エルフが動くとしたら、冒険者ギルドにも動きがあるはずです」

「わかった。ギブソン将軍であれば適任であろう。余の忠臣であり、アーサーの父とも言える男だからな」

「それでは、今からすぐに追跡に行ってまいります。少しでも時間が惜しいので」

　そうして、僕とメアリーは王都を出発した。

「お兄様、行き先はどちらへ？」

「決まっているさ。ドワーフ王国の王都ゴンヒルリムだ。詳しい場所はわからないが、彼らとの会話から察するに、行き先はシラカミダンジョンだろうね」

——リドの背中。

俺達は脱出してすぐに、今後について話し合った。

王女達の行き先は、魔族の唯一の都市ゾフ。人族と魔族の戦争を止めるのが目的だ。

今回の一件は人族が絡んでいるが、本質はエルフ族が企んだこと。だが、今のままだと王都メルキドにいる魔族の諜報員から『王女は無事脱出できたが、人族が仲間を殺した』と魔王へ連絡がいくだろう。そうなると、魔族が人族に戦争をしかける恐れがある。

それを止めるには、王女に直接魔王を説得してもらうのが一番良いと決まった。

実際に処刑されそうになった王女も、戦争を止めるのは賛成だった。

ただし、救出に来てくれた仲間を殺したアーサーさんのことは許さないと怒りを爆発させていた。

ゾフへは、ドワーフ領を迂回することにした。リドの容体が悪く高く飛べないため、人族領からゾフへ直接行くのは無理と判断したからだ。

メルキド王国から魔族領側に近づくにつれて、王国軍の警備が厳しくなる。

魔法や魔道具による地対空攻撃を受けて、撃墜される可能性が高いのだ。

これは、ゴンヒルリムへ行きたい俺達には都合がよかったので、途中まで一緒に行動することになった。

話し合いが終わってからは、王女はリドにつきっきりだった。

「ゲイルさん、あれは何をしているんですか？」

「カルラ様か？　リドと会話しているのだ。我ら魔族は魔物と簡単な意思疎通が図《はか》れる。リドは特別な魔物で知能が高いから、会話はかなり出来るぞ」

王女はリドと友人のような関係だとか。

俺は他にも疑問だったことをゲイルさんから教えてもらった。

リドが中央広場を襲撃するまで、あの巨体に誰も気づけなかったのは、認識《にんしき》阻害《そがい》と衝撃吸収の魔道具を使っていたらしい。今はアーサーさんとの戦闘で壊れて使えない。

魔道具のエネルギーとなる魔石は、すべてリドの体内の魔石エネルギーを使用していたそうだ。

……魔物に魔道具って、ヤバい組み合わせだな。

そんな話をしていると、王女が慌てて俺達の方にやってきた。

「ゲイル、リドが言うことを聞いてくれない！　このままだと死んでしまう」

ゲイルさんは黙ったまま何かを考えているようだ。

俺は王女に尋ねた。

「どうしたんですか？」

「リドがそろそろ限界なのよ。地上に下りて休めって何度も言ってるのに、言うことを聞いてくれない。くっ……」

王女は顔を下に向け、肩が少し震えている。

ゲイルさんが俺に向かって説明する。王女にも聞こえるように。

「リドは、一度地上に降りたらもう飛ぶことはできぬとわかっているのだろう。だからせめて少しでも距離を稼ごうとしているのだ」

「ポーションで怪我を治したんだ。少し休んでしっかり食べれば、体力と血は回復できるんじゃないのか？」

「タクミよ。ポーションは傷を塞ぐことはできるが、怪我した箇所を元の状態に戻すわけではない。リドは重傷だった。たぶん骨や内蔵が歪な状態でつながっていて、今も激痛の中飛んでいるのだ」

俺とミアは絶句《ぜっく》した。ポーションは怪我を治すものだと思っていた。

少しでも遠くに逃げられるよう、リドが命を懸けて飛んでくれていたなんて知らなかったのだ。

そういうことは早く言え。

俺はしゃがみ、リドの背に触れて『分析』スキルを使った。


@#○$◇¥○×◇@●○◇#$●#@◇#■△$◆□

な、なんだこれ？　『分析』スキルは俺の知っている言葉に変換してくれるはずだ。

俺の知識で表現できないから、こうなっているのか。

まさか……。

「ゲイルさん、魔物って生物ですよね？」

「魔物は生物ではない。『罪《つみ》』と『瘴気《しょうき》』で作られた兵器だ」

「兵器⁉　動物との違いは魔石が体内にあるかどうかじゃないんですか？」

「全く違う。魔物は魔石のエネルギーで動いている。時間が無いから詳細は省くが、見た目の成長や強さも全て魔石に蓄《たくわ》えられた『罪』と『瘴気』の量《おもさ》に左右される」

くそっ、全然わからん……。

ステータスが文字化けするのは、俺の知識だと言語化できないってことか。

あれで生物じゃないって、それは理解できんわ。

ミアが何かに気づいたようだ。

「それなら、魔石を補充したら回復しますか？」

「怪我は治らんが、エネルギーは回復する」

「わたし達は魔石を大量に持ってます。とにかくリドを説得して着陸させてください」

収納ポケットの中には、王都メルキドまでの逃亡生活で貯まった魔石がある。

「ゲイルさん！　あそこに湖が見えます。水の上なら着陸の負荷も少ないですよ」

それから王女とゲイルさんがなんとかリドを説得し、湖に着水させた。

——湖の岸。

「これがわたし達の持っている魔石です。遠慮なくリドに全部使ってください」

ミアは収納ポケットから魔石が詰まった袋を二〇袋取り出した。

Ｆランクの魔石も大量に入っているので、これでも足りるか少し不安だ。

「タクミ、ミア。本当にありがとう。遠慮なく使わせてもらうわ」

王女はそう言うと、魔石を袋ごとリドに食べさせる。

俺にはドラゴンの体調を見た目で判断できないが、王女とゲイルさんの安心した顔を見ると、峠は越えたのであろう。

「リドとはここから別行動よ。私達と一緒にいると無理をするから。ゆっくりと自分のペースでゾフに戻ってもらう」

確かにその方がいいだろう。だが、俺には一つ気がかりがあった。

「魔物や冒険者を相手に簡単に負けることはないだろうけど、問題はアーサーさんだな。もしかするとシラカミダンジョンまで追ってくるかもしれない」

「剣聖は魔族領方面に行くのではないのか？」

「アーサーさんは俺がゴンヒルリムに行きたがっているのを知っているから、こっちにくる可能性がある」

——沈黙が流れる。

リドがアーサーさんに見つかったときの惨状《さんじょう》を思うと、次の言葉が見つからないのだ。

そんなとき、突然ミアが手を上げた。

「思いつきました！　認識阻害の魔道具ってまだありますか？」

認識阻害の魔道具をアーティファクトにするのは俺も考えた。

アーティファクトは魔石が不要だ。リドに負荷がかからない。

けど、認識阻害の魔道具ってアーサーさんに壊されたんだよね。

――そういうことか‼

「ミア、ナイスだ。それでいこう。ゲイルさん、認識阻害の魔道具を持ってきてくれませんか」

「ちょ、ちょっと待て、認識阻害の魔道具は『剣聖』との戦闘で壊れたぞ」

「知ってます。けど、なんとかなるかもしれません」

『デフォルメ』スキルに、対象が壊れているかどうかなんて関係ないからな。

ミアがドヤ顔している……なんか悔《くや》しいからスルーだな。

ゲイルさんは認識阻害の魔道具を取ってきてくれた。

直径一メートルぐらいの銀色の円盤、そこから四方にベルトが伸びている。

このベルトを使って、リドに取り付けていたのか。

円盤の裏から大きな針が出ていたが、途中で折れていた。

「壊れたのは、この針ですか？」

「ああそうだ。この針をリドに挿《さ》し魔石エネルギーを魔道具に送っていたのだ」

これなら小細工無しでいけそうだな。

ミアを見ると頷いてくれた。問題なさそうだ。


――リドは湖の岸に、犬が伏せをするような格好で眠っていた。

俺達が一緒にいられる時間は少ない、せめてその間だけでもゆっくり休んでほしい。

さてと、残りの懸念事項を確認するか。

「王女、まず確認したいことがあります。リドは人族やドワーフ族を襲いますか？」

「……襲う」

マジかよ。

「俺やミアは襲われてませんけど？」

「リドは頭が良いのよ。私達と一緒にいるから仲間と思っているのね」

「リドが人族とドワーフ族を襲わないようにできますか？　相手から攻撃された場合は、遠慮せずやり返していいです」

「リドならできるわね。特殊《とくしゅ》な個体以外の魔物は無理よ。気持ちはわかるけど、今それを聞いたのはなぜ？」

「俺達は認識阻害の魔道具を直せます。けれど、リドが敵になる可能性があるなら直しません」

これは絶対に譲《ゆず》れない。

認識阻害の魔道具は、『心の壁』バリアの天敵みたいなもんだからな。

「わかったわ。絶対に説得してみせる」

疑うわけじゃないが、魔道具を誰かに奪われる可能性もある。少し保険はかけさせてもらうか。

「信じます。じゃあ、この魔道具の機能を教えてください」

ゲイルさんが認識阻害の魔道具について教えてくれた。

この魔道具を使うと、姿が透明になるのではなく、地面に落ちている石のように意識されにくくなる。完璧に認識されない機能ではないので、声を出したり、大きく動いたりすると相手に気づかれる。

短い時間発動するだけでも、大量の魔石エネルギーを消費するため、使うタイミングが難しい魔道具らしい。

「ミア、イメージできた？」

「たぶん大丈夫」

「王女、ゲイルさん。これから行うことは秘密にしてほしい」

俺は王女とゲイルさんの顔を見た。

「他言しないと誓う。お父様にだって言わないわよ」

「絶対に他言しないと誓おう」

――ミアの『デフォルメ』スキルで、『認識阻害の魔道具』を素材にして『認識阻害のアーティファクト』を創った。

それを見た王女とゲイルさんは、口を開いたまま固まっていた。

俺は『改ざん』スキルで円盤の耐久力を『61→21』に変更しておいた。

俺達の手から離れるので、いつまでも使えると危険だからな。

円盤にベルトを通して、元々着いていた場所に装着すると、リドを強く意識しないと認識できなくなった。

「「おおっ！」」

王女とゲイルさんが驚きの声をあげた。

「ま、まさかアーティファクトを作ったのか⁉」

「タクミ、ミア、あんた達って何者？　ち、ちがうわ。あなた様達はどなた様ですか？」

「か、カルラ様、落ち着いてください！　タクミ様とミア様は古代人かと」

王女とゲイルさんが完全に壊れてしまった。

古代人ってなんだよ！

「落ち着いてゲイルさん。俺達はただの異世界人だ。古代人の末裔《まつえい》じゃないからね」

それから俺達はスキルのことを簡単に説明した。

このスキルを秘密にする理由も理解してくれたようだ。

「と、とんでもないスキルね……そんな重要な秘密を私達に教えてくれるなんて……」

「カルラ様、タクミとミアは我々魔族を救ってくれました。そして、マイスタークトから『ゴンヒルリムの通行証』を授《さず》かるぐらい信用のおける者達です」

　少なくとも俺はそんな大層な人間じゃないんだが……。

「あなた達は、ドワーフ復興のために旅をしているのよね？　エルフの強《し》いる階級社会を崩したいのよね？」

　俺達の旅の目的については、リドの背中に乗っているときに少し話した。

「そんな大それたことは考えてなくて、仲間達とのんびり暮らしたいだけです。それをエルフが邪魔してきた感じですね」

　ミアもうんうんと頷く。

「……いいわね。とてもいい考え方だわ！　決めた‼　私もその仲間に入れてくれないかしら？　私のことは王女じゃなくてカルラって呼んで！　私も身分や肩書じゃなくて、仲間になりたいの」

「これまで何度も命を助けてもらって今更だが、オレも仲間に入れてもらえないか」

　そう言われても、俺は群れて行動するのが嫌いだ。自由気ままでいたいのだ。

　そんな俺の考えを見抜いたのか、ミアがジトッとした目で俺を見ている。

　空気を読め。大人になりなさいということなのか。

「あ、ああ、もちろんだ。一緒にいられるのは目的地までかもしれないが、カルラ、ゲイル。

よろしく！」

「リドも仲間ってことよね？　よろしく。リド！」

「クゥォォォン」

おまえ寝てたんじゃないのかよ？　どうやら、二人と一匹が新たに仲間となったようだ。

俺達はこのまま一泊することにした。

カルラは、リドに人族とドワーフ族を自分から襲わないことを約束させた。

「よし、食料もたくさんあるし、今夜は新たな仲間の歓迎会をやろう！」


――全員、王都の戦闘でホコリまみれになっていたので、湖で水浴びをしてから食事にすることにした。最初にミアとカルラが入り、その後に俺とゲイルの順番だ。

「タクミよ。わかっていると思うが覗《のぞ》くなよ。魔族では覗きは極刑だ」

……なにそれ、覗くと殺されるとかヤバすぎるだろ。どんな法治国家だ。

俺達は女性陣の水浴びが終わるのを待つ間、近くの森で薪《まき》を集めることにした。

「なあ、ゲイルとカルラはどんな関係なんだ？」

「オレはカルラ様の近衛《このえ》隊長をしている。カルラ様が小さい頃から――」

俺はスイッチを押してしまったらしい。それからゲイルのカルラ様話は止まらなかった。

カルラが攫われたときに、責任を取って自決しようとしたところ、「おまえの命なんかいらん。さっさと助けに行け」と魔王にボコボコに殴られたらしい。

「ゲイルがどれだけカルラが好きかはわかったよ」

「な、何をいっている！　か、カルラ様は王女だぞ。オレみたいな男では……って違う！　確かにカルラ様は大切な存在だが、それは臣下としてだな――」

ゲイルの話を要約すると、ずっと独身でカルラが大好きでこじらせているそうだ。

見た目はかなりのイケオジだけに、とても残念なヤツだ。


――わたしとカルラさんは、リドを目隠し代わりに湖で身体や服を洗うことにした。

ここなら、タクミに覗かれる心配はないと思う。ゲイルさんもいるから大丈夫だよね？

「ミア、タクミとはどんな関係なの？　この世界にくる前からの知り合い？」

「いえ違いますよ。こっちで知り合いました。パーティーメンバーですね」

「へぇ……タクミはどんな男なの？　『剣聖』の攻撃を防ぐとか凄いわよね」

「ただの面倒くさがり屋ですね。たまにイライラさせられます。けど、誰からも相手にされず、見放《みはな》されていたわたしを唯一救ってくれたのがタクミです。なんだかんだ言うけど、困ってる人を放っておけないんでしょうね……」

「二人はパイオなの？」

「……パイオ？」

「知らないの？　魔族でしか言わない表現かもしれないわね。つがい……恋人……愛人？　もっと積極的な感じね……上手く説明できないわ」

「――へ？　ナイナイナイ。カルラさん、違いますから。勘違いしてますよ」

「隠すことないのに……まあいいわ。ミア、予備の服があったら貸してもらえない？」

「いえ、隠してませんからね！　服は、はい。これ使ってください」


――歓迎会と称した食事会も終わり、今はみんなで後片付けをしているところだ。

さすがにお酒は飲まなかったが、王都で一緒に戦ったこともあり、打ち解けるのはすぐだった。湖で皿を洗っているときも、雑談に花を咲かせていた。

「そういえば魔族は、水浴びを覗くと極刑なんだって？」

「――なんの話？　そんなのないわよ」

「え？　だってゲイルが――」

「タクミよ。ちょっと来てくれ……話があるのだ」

「……あっ、いや大丈夫だ。俺の勘違いだ。カルラすまん、別の国の話だった」

「びっくりね。そんな国あるの？　そんな法律を考えたヤツはかなりヤバいわね」

「お、おう。たぶん、大事な人を守りたかったんじゃないかな？」

「それにしたってないわよ。発想が短絡的すぎるわ。私の身近には絶対にいないタイプね」

ゲイルが心なしか、どんどん小さくなっていく。話題を変えないと……。

「もうそろそろ寝ようか。どっちが先に見張りする？」

「私達でいいわよ。タクミとミアは先に休んで。リドの近くで寝るといいわ。あっ、パイオじゃないんだっけ？」

「ブッ――」

どうした？　ミアが吹き出した。

「パイオって――」

「タクミ、早く行くわよ。あなた起きられないんだから早く寝た方がいいわ」

俺はミアに強引に腕を引かれ、リドの近くに連れて行かれた。

俺達はリドによりかかるように座り、そのまま寝ることにした。

「なぁ、さっきのパイオってなんだ？」

「し、知らない。私は眠いから話しかけないで」

そういうと、ミアはそそっと俺から離れていく。そして寝てしまった。

くっ、なんなんだ。俺が一体何をしたというのだ？


――翌朝。

「リド、認識阻害は使ったままでいるのよ。壊れやすいから気をつけてね。ここは危険だから湖を泳いで隠れやすい場所を探しなさい。そこでゆっくり休んでゾフまで戻るのよ。それから――」

まるで母親だな。それだけ愛情深く想いあっているのだろう。話は終わったようだ。

俺達は湖を泳ぎ、離れていくリドに向かって手を振った。リドの無事を祈って。

それにしても本当に認識阻害はすごいな。ふと気を抜くと、リドに気づけなくなる。

「さて、そろそろ行こうか。カルラ達もドワーフ王都のゴンヒルリムに行くってことでいいんだよな？」

「ええ。ゴンヒルリムには魔族も住んでいるのよ。そこでドラゴンを手配してもらうわ。シラカミダンジョンの魔族領側に出て、そこからドラゴンでゾフへ行くのが最速なのよ」

「よし。目指すはゴンヒルリム。ククトさんとマルルさんの故郷へ行こう！」


――リドと別れ、陸路を進んでから五日が過ぎた。

俺達はモーラ村近くのシラカミダンジョン入り口の前にいる。

ゲイルが馬車を操縦できたので、通りがかった街で馬車を購入してここまで来た。

馬車は既にモーラ村で売却済みだ。

馬車の旅はとても快適だった。認識阻害の魔道具と同様に、壊れた『衝撃吸収の魔道具』をミアの『デフォルメ』スキルでアーティファクト化して馬車に取り付けたのだ。

もちろん売却する前に『衝撃吸収のアーティファクト』は回収済みだ。

その他にも、ゲイルが方位と大雑把《おおざっぱ》な位置がわかる魔道具を持っていた。

さらに地図を持っていたため、ここまで道に迷うことはなかった。

ゲイルの用意周到さには脱帽《だつぼう》だ。

高性能な魔族の魔道具にも欠点はある。なんと魔族と魔物しか使えないのだ。

ちなみに、エルフの魔道具は誰でも使える。

もし魔族の魔道具が誰にでも使えるようになったら……エルフが魔族を脅威に思うのも理解できる。

王都メルキドからモーラ村までは、馬車を乗り継ぐと一五日はかかる。

荷物を載せず、馬に乗って来たとしても一〇日はかかるそうだ。

俺達は六日でここまで来た。

もし、アーサーさんが追って来たとしても、三日〜四日は引き離しているだろう。


――シラカミダンジョンの入り口周辺に人影は見当たらなかった。

アーサーさんの話だと、地下三階までは簡単にいけるということだったが……アーサーさんのあの強さを見た後では、あまり参考にしない方が良いと思っている。

俺達はダンジョンへ入る前の最終チェックをした。

俺とミアの装備は変わらない。

カルラとゲイルには、俺達と同じ『強化した旅人の服（上下）　防御力91』の予備を着てもらっている。鎧よりも服の方が全身を守れるからだ。

光刃《ライトセーバー》の剣やその他アクセサリーの予備は無いので、貸せたのは防具だけ。

武器に関しては、ゲイルの装備している『堅鋼《アダマンタイト》ソード』の攻撃力を『45→95』に、俺の『改ざん』スキルで変更した。

カルラは囚われていたので、武器を持っていなかった。

俺が見せ武器として装備している『ミスリルのショートソード』の攻撃力を『３０→９０』に変更して渡した。

魔法攻撃が得意なので武器はいらないと言われたが、念のため帯剣《たいけん》してもらう。

二人とも、あまりの剣の斬れ味に目を点にして固まっていた。早く慣れてもらわないとな。

次は隊列だ。俺とミアには『心の壁』バリアがあるから、先頭と最後尾を担当する。

それにミアは、今まで俺と行動しているときも後方の警戒を担当していたので、最後尾の動きに慣れているのだ。

俺の『分析』スキルで、カルラとゲイルのステータスを見させてもらった。

【名前】カルラ
【職業】（封印）
【状態】呪い
【レベル】76
【ＨＰ】７６０／７６０
【ＳＰ】７６０／７６０
【恩恵】変換（効果激減）、血統封呪《けっとうふうじゅ》
【スキル】なし

【名前】ゲイル
【職業】（封印）
【状態】呪い
【レベル】91
【ＨＰ】９１０／９１０
【ＳＰ】９１０／９１０
【恩恵】変換（効果激減）、血統封呪《けっとうふうじゅ》
【スキル】なし

な、なんだこれ。ツッコミどころ満載《まんさい》だな……聞いて良いのか？

驚き、黙りこくる俺を見たカルラが口を開く。

「本当にステータスを見られるようね。その……魔族は複雑なのよ。時間があるときに説明するわ」

「スキルが無いのに、魔法は使えるのか？」

「恩恵の『変換』を使って、ＳＰを魔法に変えるのよ。自分に合った魔法しか使えないけどね。私は火と風系の魔法ね」

「オレは闇系の魔法だ。ただあまり得意ではない」

なにそれ。恩恵が優秀過ぎるだろ。ただ、『効果激減』が気になるけど。

オレならなんとかできるな。ただ『血統封呪』が気になる。名前からして触るな危険だ。

内容を詳しく見るのもやめておいた。

　カルラの説明を聞いた後にどうするか決めよう。

　隊列は先頭から俺、ゲイル、カルラ、ミアの順番に決めた。

　ミアがカルラに顔を向ける。

「カルラさんとゲイルさんも、シラカミダンジョンは初めてなんですよね？」

　ミアは、カルラとゲイルに〝さん〟付けをしている。

　理由を聞いたら「目上の方なんだから当たり前でしょ」と言われてしまった。

　出会った頃、俺に〝さん〟付けを止めようと提案してきたのは、ミアだった気がするのだが……。

「ええ、私達は初めてここにくるわ。でも『ゴンヒルリムの通行証』の腕輪の使い方はお父様から聞いたことがあるの。お父様はゴンヒルリムに行ったことがあるのよ」

　なんだと。魔王はドワーフと交流があるのか。

「魔王も『ゴンヒルリムの通行証』の腕輪を持ってるんですか？」

「持ってないわ。ドワーフに案内されて行ったそうだけど、そのときに腕輪の使い方を見ていたのよ」

　使い方はダンジョンに入ってから教えてくれるとのこと。

　俺達はシラカミダンジョンに足を踏み入れる。

　バーセリーの街の近くにあった廃坑と同じで、ダンジョン内は薄暗かった。

蛍石がダンジョン内の床や天井、壁に含まれているようだ。

入り口から中に少し進むと、地下へ続く階段があった。

――シラカミダンジョン地下一階

階段を下りると直径三メートルぐらいの通路が奥へと伸びていた。

これだけの広さなら戦闘になっても大丈夫だ。

進む前に、まず『ゴンヒルリムの通行証』の使い方を聞かないとな。

カルラは俺が何を言いたいのか気づいたようだ。

「『ゴンヒルリムの通行証』の腕輪を着けているのは右腕ね。それじゃあ、右腕をいろんな方向にかざしてみて」

俺は言われた通り、右腕をあちらこちらに向けてみる。

――ん？　なんだ、今腕輪から振動が……あら、消えた。

振動を感じた方向に、また腕輪を向けてみる。

あ！　また振動があった。

「お父様がドワーフから聞いた話だと、道は『ゴンヒルリムの通行証』が教えてくれるそうよ。ゴンヒルリムへの入り口は常に移動しているから『ゴンヒルリムの通行証』がないとたどり着けないらしいわ」

なるほど、これは見つけられないはずだ。

「そんな貴重なものをククトさん、マルルさんは二人とも持っていたなんて……ゲイルさんもククトさんのこと知ってましたよね？　あの二人ってすごく偉い人？」

「ミア、もしかして知らないの？　ドワーフには『マイスター』って職人の頂点を意味する称号があって、二人とも、その『マイスター』よ」

「「ええ！」」

「私もよく知らないけど、今まで『マイスター』になれたのは一〇人しかいないそうよ。しかも親子そろってとか、相当な有名人よ。魔族の私やゲイルが知ってるぐらいだもの」

「「……………」」

俺達に自慢のひとつもしないなんて、あの二人らしいな。

まあ、俺達にとって有名人かどうかは関係ない。あの二人は家族みたいなもんだ。

そのとき、急にカルラとゲイルが顔を上げ、通路の奥を見る。

「タクミよ。前方から魔物がくるぞ」

「俺には何も見えないけど……なんでわかるんだ？」

「我ら魔族は、魔物と意思疎通が図れるのだ。特別な個体以外は会話まではムリだが、ちょっとした感情みたいなものを感じるとることはできる」

とても興味ある話だけど、とりあえず先に魔物を倒さないとな。

しばらくすると、前方に錆《さ》びた槍をもった白骨のスケルトンが三体見えてきた。

リアルで見ると、動きがカクカクしていて違和感がある。

「タクミ、見ていてくれ」

そう言うと、ゲイルは構えもせずスケルトンに向かって歩いていく。

何事もなかったかのように、スケルトンの間を通り過ぎた。

「魔族が魔物に襲われないのは、こういうことだ」

「俺もゲイルの仲間ってことで、同じことができるかな？」

「無理だ。リドは特別だと思ってくれ」

ゲイルは、スケルトンの背後から素手による突きと蹴りで、三体のスケルトンの頭部を砕《くだ》いた。スケルトンは黒い煙になり消滅した。

「魔石はわたしが回収しておきますね。ん……Eランクぐらいの大きさかな？」

ミアは収納ポケットに魔石を収納した。

「魔族って、魔物に対してチート過ぎるな」

「そういうな。これは我らにとって大罪の爪痕《つめあと》のようなもの。喜ばしいことではないのだ」

「あ、申し訳ない。知りもしないのに軽率《けいそつ》な発言だった」

「気にしないで。説明してない私が悪いんだから。ゴンヒルリムに着いた夜にでも話すわ」

少し微妙な空気になってしまった……。

今度から魔族についての話題には気をつけよう。

「カルラ、ゴンヒルリムってどのぐらいで着くのかな？」

「お父様の話だと、ダンジョンに入ったその日のうちに着いたらしいわよ」

「意外と近いんですね。お風呂あるといいな。無くても作ってもらえたりして……」

ミアの話が場の空気を和《なご》ませてくれた。気を遣ってくれたとか？　……まさかな。

この後も出てくる魔物は全てスケルトンだった。

戦ったことのない魔物だったので、俺とミアも戦わせてもらう。

一本道を一時間ぐらい歩いたとき、地下二階へ下りる階段が見つかった。


――シラカミダンジョン地下二階。


「ここも一本道だな」

「ダンジョンというよりも玄関《げんかん》アプローチみたいですね」

「ミア、玄関アプローチってなんなの？」

「入り口から玄関までの道のことです。そんな感じがするの」

確かにミアの言うとおりだな。

それならずっと一本道なのも納得できる。

しばらく歩いていると、ゲイルが通路の奥を指さす。

俺は強化蛍石を通路の奥に向かって投げた。

通路の奥が明るくなり、鎧と盾、剣を装備したスケルトンが二体見える。

「あれはスケルトンウォーリアーだ。Ｄランクだな」

「俺一人で戦ってみていいかな？」

みんな頷いてくれたので、俺一人で戦うことになった。

スケルトンより装備が重いはずなのに、動きが早い。

一体が盾を前面に構えて突撃してきた。

俺は『心の壁』バリアをスケルトンウォーリアーの踏み出した足がひっかかるように出す。

期待通り、前方に転倒してくれた。

俺は前に駆け出し、足元のスケルトンウォーリアーの後頭部に光刃《ライトセーバー》の剣を突き刺した。

その直後、残りの一体が剣を振り上げて襲いかかってくる。

俺は剣を振り下ろす軌道上に『心の壁』バリアを出現させ、横にかわす。

スケルトンウォーリアーは、振り下ろした手首がバリアに弾かれて剣を落とした。

俺は相手の盾の強度を確かめるため、盾めがけて光刃を縦に振り抜く。

盾は切断面を熱で赤く輝かせ、真っ二つに斬れた。

なるほど、Ｄランクぐらいの魔物だと盾も斬れるんだな。

俺はとどめをさすため、丸腰になったスケルトンウォーリアーの頭蓋骨《ずがいこつ》に光刃を突き刺した。

黒い煙に変わったあと、魔石が落ちた。俺は二つの魔石を拾い、ミアに渡す。

「おつかれさま。なんかいつもと戦い方が違ったような……？」

「対人戦を意識して『心の壁』バリアを攻撃に使ってみたんだ。武術の達人やレアな装備を持つ相手だと、正攻法で戦っても攻撃を当てられない可能性が高いからね」

「タクミよ。なかなかおもしろい戦い方だったぞ。あれを初見でされたら、防ぐのは難しいな」

「ゲイルが相手でも効きそう？」

「うむ、どうだろうな。今度手合わせしよう。タクミもいろいろ試したいのだろう？」

俺はゲイルに稽古《けいこ》をつけてもらう約束をした。

ゲイルのレベルは九一だったよな……強くなれそうだ。


――シラカミダンジョン地下三階。

地下二階からここまで一時間ぐらいかかった。

この三階は今までと違い、道が分岐して複雑になっていた。

やっとダンジョンらしくなってきたな。

俺は今まで同様に、腕輪の合図に従って進む。

マッピングはゲイルが担当した。もちろん魔道具を使っている。

魔道具の紙に歩いた道が自動で記録されるのだ。便利すぎるだろ！

「おっと、ここから先は行き止まりだ。ということは、この辺にゴンヒルリムの入り口が隠されているのか？」

「おかしいわね……お父様の話だと、魔法陣があるはずよ」

「さっきと変わらず、ずっと振動がある。――ん？」

『人族と魔族とは、珍しい組み合わせだな。その『ゴンヒルリムの通行証』は誰に与えられた？』

　俺はあたりを見回したが、ミア、カルラ、ゲイル、俺の四人だけだ。

『おまえの頭に直接話しかけておる。探しても誰もおらんよ。その通行証は誰のものだ？』

　俺も頭の中で答えてみる。

『バーセリーの街のククトさんからもらいました』

『な、なんだと！　ククト様‼』

　うぉっ、あまりの大声に頭がクラクラする。

『落ち着いて下さい。ここには魔族のカルラ王女もいます。急ぎの用件があるので入れてもらえませんか』

『わかった。詳しい話は後だな。地面が光るからそこに入れ』

　目の前の地面に直径一メートルの魔法陣が現れた。

「みんな、この魔法陣に入ればいいそうだ」

　俺は『ゴンヒルリムの通行証』を持っているので最後に入る。

　魔法陣の設置に『ゴンヒルリムの通行証』が必要だった場合、俺が先に行くと魔法陣も消えるからな。

　ゲイル、ミア、カルラ、俺の順番で魔法陣へ入ることにした。

　ゲイルが魔法陣の中心に立った瞬間――ゲイルの姿が消えた。

これが転送ってやつか？
俺の順番になった。魔法陣に足を踏み入れ中心に立つ。――景色が変わる。
俺は今、知らない部屋にいた。

第8話　ドワーフの誇り

——ここはどこだ？　俺は知らない部屋にいた。

この世界で見てきた建物は木造か石造りの家だったが、この部屋は違った。

壁の見た目はコンクリートの打ちっぱなしのような感じだ。

この部屋には鉄製と思われる扉が一つあるだけで、椅子や机といった家具は無かった。

部屋の広さは縦と横の長さが一〇メートルぐらいある。

そして、武装したドワーフ兵がこの部屋に一つしかない扉の前に並んでいた。

俺の後ろにはミア、カルラ、ゲイルがいた。

ドワーフ兵の後ろから、眼鏡をかけたラフな格好をしたドワーフの男が前に出てきた。

「ようこそ、ゴンヒルリムへ。ワシはタタラだ。この街の入出管理官をしとる。とりあえず、さっきの話の続きを聞かせてくれ」

俺はカルラを見た。

カルラは頷き、一歩前に出る。

「私は魔族の王女カルラ。詳しい話をする前に、こちらに駐在している魔族の者を呼んでほしい。急を要します」

「わかりました。おい、誰かアーロンさんを呼びに行ってくれ」

衛兵の一人が部屋を出ていった。

――その後、俺はククトさんとマルルさんのことを、この場のドワーフ達に話した。

「ククト様とマルル様が亡くなったとは。くっ……」

入出管理官のタタラさんだけではなく、周りの兵士も故人《こじん》を悼《いた》んで涙を流す。

ククトさんやマルルさんの人柄ももちろんあるんだろうけど、ドワーフという種族は情に厚いんだな。

そのとき、ドアをノックする音が響く。

一人の魔族の男が慌てて部屋に入り、カルラのもとへ駆け寄る。

「カ、カルラ様！　ご無事で何よりです！」

「アーロン久しぶり。心配かけたわね。急で悪いんだけど、大至急お父様に伝言を送りたいの」

あっちはカルラとゲイルに任せよう。

俺もやることがあるしな。

「タタラさん、ドワーフ王とお会いすることはできませんか？　ククトさん達のことを報告させてほしいのです。あと、カルラ王女はエルフ族と人族に追われています。ここに来たことを公《おおやけ》にはできませんので、カルラ王女の存在を隠して、非公式のかたちでお会いできると助かります」

「ククト様の通行証を持つ者だ。きっと会ってくださるだろう。確認してくるから、ちょっと待っていてくれ」

それからすぐにドワーフ王と会ってもらえることになった。魔族の王女が来たことを知る者には、他言しないように指示が出された。

――タタラさんに案内され、俺達は扉の外に出る。

空は赤く、陽《ひ》が落ちようとしていた。

ちょっとまて……ここはダンジョンの中だよな。

俺は目を細めて注意深く空を見る。なんと、空は作り物だった。かなり高い場所に天井があり、空が映し出されているようだ。雲の動きや夕焼けがとにかくリアル。

巨大な地下空間の中に、ゴンヒルリムという街はあった。高い建造物は存在せず、二階建ての同じ様な形をした建物がずらりと並んでいる。まるで、巨大な住宅街のような景色だ。

ここだけ別世界みたいだ。外と文明のレベルが違いすぎる。

「驚いたか？　ここは古代人の都市だ。今から二〇〇年以上前に、ワシらの先祖《せんぞ》が誰も住んでいないこの街を見つけたらしい」

「この建物や天井は、見つけたときのままなんですか？」

「そうじゃ。ワシらでは造れんよ。未だに仕組みがわからんことだらけだ。ワハハハハ」

これが古代文明ってやつか。俺のいた地球よりも技術が進んでいるんじゃないのか？

――ドワーフ王は城ではなく屋敷に住んでいた。

古代人の街にそのまま住んでいるのだから、大きい屋敷が王城代わりになるのだろう。

俺達は応接室に案内された。

しばらくすると、ドワーフ王が部屋に入ってきた。

ドワーフ王もタタラさんと同じく、ラフな格好だった。

服の生地はすごく上品な感じがするが、とても王様には見えない。

ドワーフ王は片手を軽く上げて、俺達に声をかける。

「カルラさんとドワーフの友よ、ようこそゴンヒルリムへ。ワシがドワーフ族の王ゴンヒルリムだ。簡単にしか話は聞いておらんので、まずは何があったのかワシに聞かせてくれ」

……俺達は目を丸くした。

なんてフランクな王様だ。ドワーフって王様までこうなのか。

カルラが我に返り、口を開く。

「ゴンヒルリム陛下、お目にかかれて光栄です。まずは……」

「カルラさん、ここに王と王女はおらんよ。『エルフ被害者友の会』ってところか。ちなみに、ワシのことはゴンでいいぞ。王の名前はゴンヒルリムと決まっていてな。長くてかなわん。ワハハハハ」

「わかりました。ご、ゴンさん。それでは……」

――俺達は、バーセリーの街の出来事から今に至るまでの情報を共有した。

「ドワーフの友よ。ククトとマルルの蘇生はできそうか？」

「この世界に『世界樹の葉』と呼ばれるものはありますか？」

「――どうして『世界樹』のことを知っておる？」

今までゆるい感じだったドワーフ王の目が鋭くなった。

なんか地雷を踏んだのか？

「私達がいた世界の物語に、よく出てくる樹なのです」

「なるほど。カルラさんは『世界樹』のことは何か聞いてるか？」

「いいえ。お父様からは何も聞いてません」

「……うむ。ここからの話は長くなる。この街にいる間はここに泊っていけ。いつまでここにいられるかの？」

俺はカルラを見た。

「私達は、魔族と人族の戦争を止めるためにゾフに帰らなければいけません。アーロンの話では、ドラゴンの準備に今日を含めて三日かかるので、四日目の朝にここを発《た》ちます」

俺とミアは、世界樹の話を聞いてから、今後の予定を考えることになりそうだ。

「では、話の続きは明日の朝からにしよう。今夜は宴《うたげ》じゃ！」

ドワーフ王がそう言うと、応接室の扉が開き、使用人達が入ってくる。

俺達はそのまま今日泊まる部屋に案内された。

「タクミ様、これから一時間後に宴会が始まりますので、それまでどうぞお寛《くつろ》ぎ下さい。お風呂も自由にお使い下さい」

「え！　お風呂があるんですか？」

「はい。各部屋にございます。こちらです」

お風呂はユニットバスのような造りをしていた。

シャワーのような装置の使い方やお湯のため方を教えてもらう。

「ここはダンジョンの中ですよね。水を大量に使っても大丈夫なんですか？」

「はい。この街の水は古代人のアーティファクトで管理しておりますので、お気になさらないでください。隣のドアはお手洗いになります」

ドアを開けると、そこには常時水が流れている便器のようなものがあった。

ゴンヒルリム。そこは天国だった。


——大広間。俺達は使用人に案内され、大広間のひな壇《だん》に座らされていた。

みんなお風呂に入ってきたらしく、さっぱりとしていて、良い香りがほのかに漂《ただよ》っている。

「タクミ、お風呂と水洗トイレがあったわ。ククトさん達を生き返らせたら、みんなでここに住みましょう」

たった一時間ぐらいしか部屋にいなかったが、みんな口を揃《そろ》えるようにここでの生活は最高だと評価していた。

この大広間は一〇〇人ぐらい入れる大きさだ。

ひな壇から見て両側の壁に一〇本ずつ、そして部屋の中央に五本の酒樽《さかだる》が置いてある。

さらに予備の樽が大量に廊下に積まれていたけど、今夜だけで全部飲むのか？

部屋にあるだけでも、四人で一本の樽を空ける計算になるが……。

「ドワーフの友よ、どうした？　浮かない顔をしているぞ。安心しろ。好きなだけ飲むがいい」

「あ、ありがとうございます。お酒はこの街で作っているんですか？」

「うむ、酒造工場があったのだ。古代人も酒好きだったのだな。ワハハハハハ」

ここに移住した理由が、わかった気がする。いや、間違いないだろう。

——ドワーフ王の乾杯の合図で宴は始まった。

挨拶《あいさつ》させられるのかと思っていたが、全く無かったので助かった。

カルラも王女ではなく、ただの魔族としてドワーフ達に紹介された。カルラのまわりにドワーフ達が集まっている。違う種族に対して恋愛感情を持つのかは知らんが、とにかく人気があった。

ドワーフの男が気安くカルラに話しかけるたび、ゲイルの持つコップが割れて、アーロンさんがオロオロする。見ていて面白い。

俺とミアは、ずっとドワーフから酒量を競う『酒戦《さけバトル》』を挑まれていた。

『酒戦』は『ドワーフ殺し』と名付けられたアルコール度の高いお酒を使っている。

俺達は一〇戦一〇勝と無双状態だった。

ちなみに、ドワーフ王ことゴンさんとは八戦目に戦い、今では俺の足元で仰向けになって寝ている。

俺とミアは『酒王』というコールが鳴り響く中、会場を後にした。

「ミア。わかっていると思うが、このことは絶対に内緒だ」

「そ、そうね。ズルとか言われて指輪を外して飲まされたら……怖すぎるわ。けど、あんなにお酒があるのに、ちゃんと飲めないなんて残念……」

「ジャジャーン。俺に抜かりはない。飲むか？」

俺は宴会場からくすねてきたお酒をミアに見せた。

「さすがタクミ！　いつかはやる男だと思っていたわ」

……いつも何もやっていないように聞こえるが、気のせいだろう。

マルルさんの作ってくれた『イエロールーンの強化指輪　異常耐性95』を外して、俺の部屋で飲むことにした。


――飲み始めてから一時間ぐらい経った。ククトさんとマルルさんの思い出を酒のつまみにして、楽しく飲んでいた。あの二人もきっと喜んでくれているはずだ。

「ここにいると、あの二人がみんなから本当に愛されているって感じるよな」

「そうそう。わたしなんか自分のことじゃないのに、と～っても誇らしいのよ。ふっふふふふ……タクミくん、マルルさんに早く会いたいでしょ？　かわい～もんね」

どうやら飲ませ過ぎたらしい。タクミくんモードに入ってしまった。酒は飲んでも飲まれるな。

「あっ、俺トイレ行ってくるわ」

とりあえず緊急脱出だな。戻ったら自分の部屋に追い返すしかないか。お酒は没収だな。

トイレから部屋に戻ると、ミアはソファーで寝ていた。

はぁ……どうするんだよ。……っていうか完全に男としてみられてないな、俺……。


――翌朝、ベッドで目覚めたミアが騒ぎ出した。

「あのぉ……なんでタクミがわたしの横で寝ているのかな？」

「ここは俺のベッドだからな」

「……なんで裸なのかな？」

「俺はいつも寝るときは裸だからな」

ミアは自分が服を着ているのを確認して、安心したのかホッと息を吐く。

そして、俺に目を合わせることなくベッドから降り、無言で部屋を出て行った。

なんなんだ……俺は被害者だよな？　おかげで俺は寝不足なんだぞ。


――朝食を各自の部屋で食べた後、昨日の応接室に集合した。

今ここにいるのは、俺とミアの二人だけだ。カルラとゲイルはまだ来ていない。

なんか気まずい……。早く誰か来てくれ。まさかとは思うけど、二日酔いじゃないだろうな。

応接室のドアが開き、ドワーフ王ことゴンさんが入ってきた。

「昨日は楽しかったぞ。タクミとミアがあれほどの戦士だったとは……ワシら以上の酒豪《しゅごう》を見たのは初めてだ！　ククトとマルルが認めただけはある」

俺とミアも、カルラのように名前で呼んでもらえるようになった。

まさか『酒王』の効果なのか？

それにしても、さすがはドワーフ。二日酔いはないんだな。

「さてと、約束通り昨日の話の続きをしたいところだが、カルラさんの従者から連絡があった」

予想通り、カルラが二日酔いで起き上がれないらしい。

昨日のカルラはどこか様子がおかしかったからな。

「タクミよ。カルラさんを責めるなよ。魔族は他種族と交流がほとんどない。初めて他国の宴に招待され、気を引き締めて臨《のぞ》んだが、緊張のあまり飲み過ぎたってところだろう」

俺も会社の新人歓迎会でそんな経験したような……背負うものが違いすぎて申し訳ないが。

カルラの周りに集まっていたドワーフ達も、カルラが緊張しているのを察して、積極的に話しかけていたのかもな。

「魔族や世界樹の話は、カルラさんの体調が回復してからでいいだろう。せっかくの機会だ、ククトとマルルの話を聞かせてくれ。ククトが『ゴンヒルリムの通行証』を渡すぐらいだ。蘇生以外にも何か目的があってここに来たんだろ？」

　ククトさん達がいない状態で、ドワーフ王に俺達のスキルを明かすべきかどうか。俺は悩んだが、話すことに決めた。

　ククトさん達を蘇生するには、ドワーフ王の協力が必要だからな。

　そのためには、こちらの情報をある程度は出して、信頼してもらう必要がある。

――俺達のスキルのことを話した後。

「なるほど。おもしろい！　ククトに見せた枝は今持っているか？　見せてくれんかの」

　俺は、自由に伸び縮みする枝をドワーフ王に渡し、使い方を説明する。

「な、なんじゃこりゃ！　ククトのやつ、こんなおもしろいことをしてたのか！」

　その後一〇分ぐらい遊び、やっと話しかけられるようになった。

　たしかククトさんも初めて枝を見たときはしばらく振り回していた。

　どんな武器にするのか調べているのかと思ったが、ドワーフ王の反応を見る限り、ただ遊んでいた可能性が高いな。

「ここにタクミとミアを導いたのは、ククトとマルルからのメッセージだ」

「メッセージですか？」

「あの二人がどうしてこの街から出て行ったか聞いておるか？」

俺はククトさんから聞いた話をそのまま伝えた。

「昔、ワシらは大きく二つに分裂しかけたのだ。古代文明の技術の高さに絶望し、最高の職人への道をあきらめた者。職人の道を極めようと突き進む者」

ドワーフ王は深いため息をつく。

「ククトとマルルは、内部分裂を回避するために職人を極めようとする連中の旗頭《はたがしら》となって、この街から出て行ってくれたのだ。まあ、モノを作ることよりも、古代文明の技術でのうのうと暮らすだけになったワシらに失望したのもあると思うがな」

自分達の技術を必要とする機会を求めて外に出たけど、魔道具の影響で必要とされることがなかった。

この街にいる人達を見返したかったのに、外でも自分達の技術を必要とされなかったのだ。職人として生きたククトさんとマルルさんにとって、それはかなりキツかっただろうな。

「タクミとミアをここに導いたのは、ドワーフの技術でも魔道具や古代文明に勝てる！　ワシらはまだまだやれるぞ！　ということを職人として心が折れたワシらに伝えたかったのだ。ワシはそう思うぞ」

苦労を重ね、絶望を目にしてきたあの二人も、俺とミアならドワーフ族を立ち直らせることができると思ったんだろうな。

「わかりました。では、みなさんと一緒に何か作りましょう」

「ククトさんとマルルさんのメッセージが届くようにね」

ミアは嬉しそうに笑っていた。

「そいつはいい！　この枝だけでもワシの心に火がついた。目の前でアーティファクトを作ったら、そりゃ大変なことになるぞ。ワハハハハハ」

さっきまで塞ぎ込んでいたドワーフ王が、いたずらを思いついたときのように目の奥を光らせ笑っている。

「さて、何作りましょうか？　せっかくだから、こちらの生活で困っていることはありますか？　あまり時間をかけられないので、シンプルなモノがいいですね」

「ふむ、そうだな……。改めて考えると、あまり思いつかんな」

ミアが手を挙げる。

「鍛冶をするときに困っていることはありませんか？」

「困ってることか……あっ、廃棄施設《はいきしせつ》があると助かる。この街では各家にゴミ箱のアーティファクトがある。そこに捨てられたものは土になったり、材料ごとに分けられたりして再利用されるのだ」

家のゴミ箱に捨てると、そのまま街でリサイクルされるとかすごいな。

けど、それなら廃棄施設っていらないよな。

「ただし、アーティファクトのゴミ箱にも問題はある。アーティファクトに再利用できないと判断されたモノは、ゴミ箱から戻されるのだ。あと、そもそも箱に入らない大きさのモノも捨てられん」

　かなりのエコだな。再利用できないものは、そもそも使わせないようにしているのかな。

　それにしても、まさか……気になるから聞いてみるか。

「この街の食料はどうやって確保しているんですか？」

「巨大な倉庫があってな。そこに毎日、野菜や肉が運び込まれとる」

「外から輸入しているんですか？」

「違うぞ。勝手に置かれているのだ。ワシの予想だが、畑や牧場のような施設がこの街と同じように、シラカミダンジョンのどこかにあるのだろう。そこから転送されているとワシは思っとる。それだけでも凄いが、この街の人数にちょうど良い量が置かれるのだ。ククト達が出て行ったとき、翌日は倉庫の食材の量が減っておった」

「もしかして、日々の生活を送る上で、外から何も持ち込む必要がないとか……？」

「よくわかったな。その通りだ。この街にいれば、アーティファクトが正常に動作している間は、働かなくても生きていける。今思えば、ここに住んでおった古代人は堕落《だらく》して滅亡したのかもしれんな」

　ミアが俺の袖を引っ張る。

「ここってＳＦとかに出てくるシェルターみたいよね。核戦争で地上に住めなくなった人間が避難してる感じの」

「実は俺も同じことを考えていたんだ。古代人はここで暮らしたかったんじゃなくて、ここから出られなかったんじゃないかってね。だから再利用可能なモノしか使えないって考えれば、つじつまが合う」

　ドワーフ王は手で顎《あご》ひげをさすりながら、何度か頷く。

「なるほどな。シェルターやＳＦというものが何なのかは知らんが、地上からの避難場所という考えはおもしろい。いや、そうであった可能性が高いな」

　考察をもう少し続けたいが、今は止めておくか。

　謎解きをする楽しみは、後にとっておくとしよう。

「すいません。話が脱線しました。今はアーティファクトのゴミ箱に捨てられないモノはどうしているんですか？」

「年四回ほどパーティーを組んで、地上へ捨てに行っておる。有毒なモノもあるから、ゴミ捨てとはいえ命がけよ。だから凝《こ》ったもんを作ろうという気もおきなくなるのだ」

　片道数時間かけてゴミ捨てか……それはキツいな。

　地上のどこに捨てるのかも気になったが、聞かないでおこう。

「思いつきました！　昔作ったアレとかどうでしょう？」

「「アレ？」」

「はい。アレです」

――ミアのアイデアを聞いたドワーフ王は完成像をイメージできたらしく、そこからは早かった。

もともと棟梁《とうりょう》だったドワーフを五人呼び出し、伸び縮みする枝を見せた。

全員、目を見開き固まってしまった。

その後、俺達はものすごい質問攻めにあう。

作り方を見せる方が早いだろうと判断し、普通の枝をミアの『デフォルメ』スキルで伸び縮みできるようにしてみせた。

「「「「神の御業だ！」」」」

懐かしい台詞に思わず吹き出すところだった。しかもドワーフ王まで混じっているとは。

棟梁達が枝を検証する《あそぶ》順番で揉めだしたので、ミアが全員分作ってプレゼントした。

棟梁達は目を輝かせ、飛び跳ねながら喜んでいる。

それからは、「ミア様」と呼ばれるようになった。

「おまえら、そろそろ静かにしろ！　これから造るモノは非常に危ない。下手をすると死人が出る」

ドワーフ王の声に、棟梁達は急に真剣な顔つきになる。

「ククトとマルルが、タクミとミアをここに連れてきてくれた。今見たとおり、ワシらは魔道具どころか古代人のアーティファクトにさえ優《まさ》るものを作れるかもしれん。ドワーフ族の誇《ほこ》りを取り戻す最後のチャンスだ。気合いを入れろ！　まずは試作だ。やるぞ‼」

「「「「オー‼」」」」

ドワーフ王と棟梁達は、応接室を飛び出してどこかに行ってしまった。ミアは唖然としていたが、途中から子供を相手にしている気分だった俺には予想の範疇だった。

「まあ、ドワーフ王なら俺達を簡単に見つけられるだろうから、俺達の出番が来るまで出かけよう。実はやりたいことがあるんだ」

――入出管理棟の応接室。

俺達はゴンヒルリムの出入り口となる入出管理棟の応接室にいる。

目の前にいる入出管理官のタタラさんとお茶をしているところだ。

俺達をこの街に入れてくれたドワーフで、ククトさんやマルルさんの話をしているうちに仲良くなった。

タタラさんの話だと、この入出管理棟は約一〇〇メートル四方の大きな建物だ。大きさや用途の違う入出管理室という転送魔法陣を置いてある部屋が一〇部屋あるらしい。

俺達の入ってきた部屋は、鉄の扉が一つだけあり、そこからしか出入りできなかった。

他の部屋は、千人ぐらい入れる大きさの部屋や、ビルの搬入口のように巨大な扉から直接外に出られる部屋もあるらしい。

転送魔法陣の近くに『ゴンヒルリムの通行証』を持つ者が現れると、制御室に警報が鳴り、知らせてくれる。制御室からは、『ゴンヒルリムの通行証』を持つ者と通話ができる。

ただし、この通話は音声ではなく、精神的な会話になる。

音ではなく脳に直接届くような感じだ。『テレパシー』みたいなものなのか？

この制御室から、ゴンヒルリムとシラカミダンジョンにある転送魔法陣の転送を制御している。たとえ敵の手に転送魔法陣が渡ったとしても制御室で転送しなければ、こちら側にはこられないそうだ。

タタラさんから聞いた話は、期待通りの内容だった。

これなら目的のモノは手に入りそうだ。

俺はタタラさんにお願いした。

「俺達をシラカミダンジョンに転送してください」

「そりゃいいが、もう帰るのか？」

「いいえ、ちょっとシラカミダンジョンを調査するだけで、すぐに戻ってきます。戻るときは、魔法陣の前にいればいいですか？」

「それで大丈夫だ。魔物もいるから気をつけるんだぞ」

俺達はタタラさんに案内され、入出管理室からシラカミダンジョンに転送してもらった。


――シラカミダンジョン地下三階。

「これからどこへ行くの？」

ミアが軽く準備体操をしながら聞いてくる。

「どこにも行かないよ。用があるのはここだから」

俺は転送魔法陣を指さす。

ミアは転送魔法陣を見つめ、ハッとした顔をした。

「転送魔法陣を作るのね！」

「正解！　当面は俺達の移動用に使う。将来的にはこれを世界中の要所に配置して、ゴンヒルリムを物流の一大拠点にするのもいいと思っている」

「すごい、すごいアイデアよ！　これはみんな驚くわ」

ミアは収納ポケットから紙とペンを出し、魔法陣を模写《もしゃ》した。

複雑で難しいらしく、少し苦戦しているようだったが完成した。

「ミア、魔法陣の仕組みはイメージできてる？」

「ええ、『ゴンヒルリムの通行証』を着けて魔法陣に近づくと、制御室とお話ができる。あとは、制御室から操作して、入出管理室と行ったり来たりできる」

俺は頷き、親指を立てたサムズアップのポーズをする。

ミアは、魔法陣を模写した紙を持ち、『デフォルメ』スキルを使った。

しばらくすると淡く光り、ミアは俺に向かって笑顔で頷いた。


――俺達は少し離れたところに移動した。

よし、ここなら近くに転送魔法陣はない。

ミアがアーティファクト化した転送魔法陣の紙を地面に置いた。

右手に着けている『ゴンヒルリムの通行証』を転送魔法陣に向ける。

『タクミよ。そろそろ戻ってくるか？』

よしっ！　タタラさんの声が聞こえた。

この声は『ゴンヒルリムの通行証』の腕輪を着けた者にしか聞こえないので、俺はミアに向かって、指でオッケーマークを作る。

『タタラさん、ちょっとだけ実験に付き合ってもらっていいですか？』

「いいぞ」と返事をもらったので、俺は実験することにした。

まずは石だな。俺は地面に落ちていた石を魔法陣の上に向かって転がす。

『そっちに石を転送させたんですけど、石は届きましたか？』

『ちょっと待って。今見てくるからな』

しばらくすると、「小さな石が部屋にあったぞ」と教えてくれた。

ミアが魔法陣に乗ろうとするので、俺は慌てて止めた。

「ミア、まて！　まだ検証中だから」

「もう大丈夫じゃないの？」

「いやいや、全然終わってない。例えば魔法陣の上にのったとき、紙が破れたらどうなる？」

ミアの顔が青くなっていく。

最悪のパターンを想像したのかもしれない。

「ミアも想像したかもしれないけど、最悪死ぬ可能性がある。体の半分だけ転送されるとか」

ミアはしきりに頷く。

理解してもらえたので、俺は検証を続けた。

検証で次のことがわかった。

・魔法陣が歪んだり汚れたりすると失敗する。
・転送に失敗すると、転送元にすべて戻る。一部分だけ転送されることはない。

紙のような素材では、使い物にならないことがわかった。

ミアが言うには、本物の魔法陣は地面から光が浮き出ていたらしい。

人が魔法陣の上を歩くということは、光が遮断されて魔法陣は欠けるハズ。

けれど、本物は転送が成功する。

おかしいなと思ったが、自分が考え違いをしていることに気づく。

紙の魔法陣の性能はミアのイメージに左右される。そもそも本物と比べても意味がなかった。

どう対応するかについては後で考えよう。

俺達は『ゴンヒルリムの通行証』の腕輪を使って、帰りの魔法陣を探すことにした。

魔法陣はシラカミダンジョン地下三階の中を移動するので、前回と同じ場所にある保証は無いのだ。

今いる場所の近くで転送魔法陣を見つけることができた。ミアに魔法陣の複写をお願いする。

あんな複雑な模様なのに、一枚あたり一〇分程度で描いていく。

「はい。できたよ」

「さすがミアだ。本当にすごいな」

「ふっふふふ。タクミには難しいでしょう。もっと褒めてもいいわよ」

「ああ、俺にはマネできないよ。だから、あと追加で六枚お願いね」

「――うそよね⁉」

文句を言いながらも、目を輝かせて描いている。本当に絵を描くのが好きなんだな。

そんな姿を見ていると、なぜか身体がぽかぽかしてきた。

……昨日のアルコールが残っているのかな。

魔法陣の模写が終わり、俺達はゴンヒルリムへ戻ることにした。


――転送室に戻ると、タタラさんだけではなくドワーフ王と棟梁達も待っていた。

「勝手にどこかに行くな。探したぞ」

あなた達だけには言われたくないと思ったが、口には出さなかった。

表情は怒っているが、目が俺達の無事を喜んでくれていたからだ。

「心配かけて申し訳ありません。実はこれが欲しかったのです」

俺はミアに描いてもらった転送魔法陣の紙を見せる。

「これはミア様が描かれたのですか！」

「さすがミア様だ。これをどうされるのですか？」

ミア教信者が近寄ってくる。……圧が強いな。

「ちょっとまて。まさか……そんなことが出来るのか⁉」

ドワーフ王が信じられないモノを見たかのように、後ろにヨタヨタと下がる。

どうやら気づいたらしい。これがどれだけ価値があるモノなのかを。

「はい。実験は成功しました。紙だと破けてしまうので、この模様を何か堅い材質のものに彫れないですか？」

「技巧師に依頼すれば作れる。それにしても、とんでもないことを考えおったな」

俺はいくつかの考えをドワーフ王と棟梁達に話した。

持ち運びできる大きさで、できるだけ多く作ってほしいこと。

運用試験が終わるまで公表しないこと。

将来的にこの入出管理棟が世界の玄関になる可能性があること。

「「「「おおおおおっ！」」」」

突然、ドワーフ達が袖を捲《まく》り上げ、雄叫びを上げた。

瞳孔《どうこう》が開いてて怖いんですけど。ミアも引いている。

「こんなに気持ちが昂《たか》ぶるのは、いつ以来か！」

「こうしてはおれん。なんでもいいから作りたくてたまらんわ」

どうやら、やる気スイッチが入ってしまったらしい。

「おっ、そうだ。ワシらも用があったのだ。例のモノができた。さっそく見に行くぞ」

俺達はまた置いてかれそうになったが、今回はなんとかついて行けた。

入出管理棟のすぐ近くに、住宅を改造した工房があった。

棟梁達が工房の中からパーツを運び出し、組み立てる。

奥行きと横幅が一〇メートルぐらい、高さ二メートルぐらいの箱が完成した。

側面には横幅が広く、緩やかな階段がついている。その階段を上ると、箱の中央に向かってすり鉢状《ばちじょう》に緩やかに下がっており、中央には四メートル四方の穴が開いていた。

中央の穴をよく見ると、布製の袋の口が大きく開くように設置されている。

「どうじゃ！　安全のために手すりを設置しスロープの角度を緩くしてある。あとは、緊急ボタンだな。これを押すと袋の口が閉まる仕組みになっておる」

……おかしい。俺達と別れてから三時間ぐらいしか経ってないぞ。

こんな巨大なモノ造るとか、どうなっているんだ。

ドワーフの潜在能力恐るべしだな。

棟梁達が組み立てた箱状の廃棄施設の側面には、中に入るための扉がある。

棟梁達を先頭にして、俺達は中に入った。

天井の構造がすり鉢状に緩やかに下っているため、どんどん天井が低くなっていく。

ドワーフの背は、おおよそ一二〇センチぐらいか。

俺の身長は一七〇センチ、ミアは一六〇センチぐらいだ。

奥に行くほど屈《かが》むだけではキツくなるが、なんとか中央にある袋までたどり着けた。

「ミア様、仕上げをお願いします」

「上に誰もいないですよね？」

ミアは念のため確認する。

一人の棟梁が外に群がっている弟子《でし》達に声をかけ、誰もいないことを確認してくれた。

「では、やりますね」

ミアは袋の外側に両手を添《そ》えた。そして『デフォルメ』スキルを使う。

少しすると袋が淡く光った。

「はい。できました。これで大丈夫だと思いますが、とても危険なので気をつけてくださいね」

「「「「おおおおおっ‼」」」」

――俺達は外に出て、箱の上に移動した。

「おい、命綱を持ってこい」

棟梁が叫ぶと、弟子達が手すりにつながっているロープを持ってきた。

俺達はそれを片手でつかみ、ゆっくりと中央の袋へと近寄る。

袋の中を覗くと、きれいな虹色模様のシャボン玉の膜のようなものができていた。

これは、ミアと出会った頃に作った『収納袋』の失敗作だ。

収納はできるけど、取り出せないのだ。

「おおっ、なんと鮮やかな色か」

「綺麗だ。さすがミア様が作ったアーティファクトだ」

ミアのことを口々に褒め称えていたが、俺は火山の火口にいるよりも怖かった。

小さな石を袋の中に入れると、スッと消える。

ミアがアーティファクト化の成功を報告すると、ドワーフ王と棟梁達、そして周りの弟子達や野次馬の歓喜の声があたりに響く。

変化の無いこの街に湧き上がった歓声。

それが呼び子となり、どんどん街中のドワーフが集まってくる。いや、波のように押し寄せる。

まずい。あの波がこの箱に殺到すると、最悪袋に落ちる危険が……。

今こそあの装置の出番だな。

「誰かそこの緊急ボタンを押してくれ！」

俺が緊急ボタンの方へ叫ぶと、近くにいたドワーフがあわててボタンを押す。

布を引きずるような音と共に、袋の口がロープで閉じられる。

おおっ、これなら安全だ。緊急時の訓練になったな。

俺達は箱の縁まで移動して周りを見渡す。

ドワーフで周囲が埋め尽くされていた。

「おおっ、みんな集まってきておる。ちょうどいいか」

俺は嫌な予感がした。

「ゴンさん、ミアのスキルのことは秘密でお願いします」

「ああ、任せとけ。ちょっとばかり気合いを入れてやるだけだ」

ドワーフ王は、一歩前に出て右手を挙げる。

集まった全員の視線がドワーフ王に集まった。

「みんな聞いてくれ！　今はまだ詳しいことは言えぬが、ワシらは新たな技術革新のときを迎えられそうだ。それは魔道具はおろか、古代人の残したアーティファクトすら超えられる」

普段とは違い、威厳のこもった王の声だった。

周辺から音が消え、全員が耳を傾ける。

「ワシらはドワーフだ。職人の血が流れるドワーフ族だ。その我らが、誰が造ったかもわからないこの街で、のうのうと暮らす日々を誇るのか？　ワシらはそんな腑抜けだったか？」

　ドワーフ王の言葉に、拳をギュッと強く握る者、顎を震わせ声を押し殺して泣く者が現れる。

誰もが現状に甘んじていたわけではない。

豊かで便利な暮らしの裏で、苦汁を嘗《な》め続けていたのだ。

「今日よりワシらは変わる。変わらなければならぬ。そのきっかけとなる新技術は、今はここにはおらぬククトとマルル。あの二人のマイスターから届けられたものだ！」

すすり泣く声は消えた。

「ワシらは、この新技術を使って誰にも負けないモノを作り出す。ワシらはドワーフ。ワシらこそが最高の職人だ‼」

突き上げられた拳に込められた強い想いが伝わる。

「全員準備を始めろ！　ワシらはやれるのだ！　世界をひっくり返すぞぉぉぉぉ‼」

『おおおおおぉぉぉぉぉ！』

割れんばかりの歓喜の声が、ゴンヒルリムの地下空間にこだまする。

その振動は身体に伝わり、心を揺らす。

そして心に灯《ひ》がともる。

ドワーフ王のともした心の灯は、ドワーフ族を覆っていた暗闇をかき消していった。

……何がちょっとばかり気合いを入れるだ。

俺の目の前には、偉大な王の背中があった。

「ククトさんとマルルさんからお願いされたこと、これでクリアできたのかな」

ミアの目には涙があふれていた。

「ああ……二人が見たら喜んでくれるよ。早く生き返らせないとな……」

——あのドワーフ王の宣言の後、俺達はなんとかドワーフ王の館まで戻ってきた。

俺は、転送魔法陣の検証と試作品の作成をドワーフ王にお願いする。

ミアの『デフォルメ』スキルで作成した転送魔法陣には、まだやり残した検証があるのだ。

細かく話せばいろいろとあるが、一番重要なのはシラカミダンジョンの外でも使えるかだ。

俺はアーティファクト化した全ての転送魔法陣の紙をドワーフ王に渡す。

「これを使って、シラカミダンジョンの外でも使えるか検証するのと、持ち運びのできる消えない魔法陣を作ればいいんだな。任せとけ！　今のあいつらなら喜んで協力してくれる」

俺達には時間と物作りの技術が無い。

それをドワーフ族と共同開発することで補《おぎな》うのだ。

何よりも、それをドワーフ王が望んでいる。

「おっと忘れるところだった。タクミとミアよ。廃棄施設の件、褒美《ほうび》は何が良い？」

これはチャンスだ。この街に来たときから欲しいものがある。

「古代文明の道具はありますか？　もしあれば、それらを欲しいです」

「ああ、確かにあるぞ。本当にそれだけでいいのか？」

「はい。ただしどれにするかは俺達に選ばせてください」

「わかった。ほしいものが決まったら教えてくれ。いくつでもかまわんぞ」

マジか。破格すぎるんですけど！

「ただし、条件がある。タクミが何を考えているかはわかっておる。検証したことは、必ずワシに報告すること。検証の手伝いや製品化するときはワシらに依頼すること。この二つだ」

「その条件で大丈夫です。ありがとうございます。とても助かります」

ＷｉｎＷｉｎの関係成立だな。

あのとき語り合った夢。その土台の完成が見えてきた。

第9話　大罪

夕食を食べた後、応接室に集合した。

カルラとゲイルは応接室に入ってくるなり、すぐに今朝の二日酔いの件を平謝りしたが、俺とミアはもちろん、ドワーフ王も快《こころよ》く謝罪を受け入れた。

カルラはまだ少しばつが悪そうな顔をしていたので、俺は話題を変えるべく今日起こった出来事を話した。

「たった一日で……。タクミとミアに慣れている私でもびっくりよ。ゴンさんの演説……私も聞きたかったわ」

「ワッハハハハ。タクミとミアのおかげだ。ワシ自身も興奮していたからな。まあ、明日もタクミ達は何か企んどるみたいだぞ。カルラさんもついて行けばいい」

それから少しの間、雑談を重ねて空気が和んできたところで、ドワーフ王が切り出した。

「さてと、約束通り昨日の話の続きをするか。その前にひとつ確認したい。タクミとミアは魔族のことは聞いているか？」

俺達の代わりにカルラが答えた。

「彼らは知りません。ゴンヒルリムに着いた夜、話すことになっていました」

ドワーフ王が手で合図を送り、使用人達を部屋から退出させる。

「……わかった。この件はワシではなくカルラさんが話すべきだ。今の魔族がどういう認識でいるのかも知りたい。いや、ドワーフの王として知っておく必要がある。今からここで、彼らに話してもらえるか？」

「はい。元々そのつもりでした。タクミ、ミア。前に少し話した魔族の犯した大罪について説明するわ。さてと、どこから話そうかしら……」

「カルラさんは『赤き贖罪《しょくざい》の門』について説明してくれ。あとはワシが話そう」

カルラは頷くと、俺とミアに真剣な顔を向けた。

「詳しく話すと、とても長くなるの。一度ざっくりと説明するから、わからないところは後で質問して」

そういうと、カルラは立ち上がり俺達とゴンさんの両方が見える位置に移動した。

「――今から五〇〇年程前、エルフ族、人族、ドワーフ族、魔族の四つの種族は共存して平和に暮らしていた――」

カルラの話を簡単にまとめると、『魔王』という天才が他種族を圧倒するほど、魔族の文明を栄えさせた。その結果、土や大気が汚染され、『瘴気』という有害な気体が発生した。

他の種族から『瘴気』について責任を追及されると、魔王は他の種族を根絶やしにしようとした。そのための兵器が『魔物』だった。

　魔物をこの世に生み出してしまったのが魔族の大罪。

　地球で例えると、先進国が魔族。発展途上国が他の三種族。

　そして先進国が環境を汚染し、世界的な問題になった。

　発展途上国は先進国にクレームを言うが、怒った先進国は魔物という核兵器を作り、発展途上国を滅ぼそうとする。そのときに作った核兵器が、今では人類の脅威になっている。

　異世界人としては、こう考えた方がしっくりくるな。

　いくつか疑問がある。カルラに質問してみるか。

「魔物って具体的にどうやって作られているんだ？」

「魔王が『赤き贖罪《しょくざい》の門』と呼ばれる、この世の理《ことわり》を変えるアーティファクトを創ったの。その『門』が開いているとき、『罪』が生み出される。『罪』とは――」

　――少し複雑な話だったので整理する。

『罪』とはエルフ族、ドワーフ族、人族が生き物を殺す、または魔物を倒したときに発生する。

『罪』は、鉱石を『魔石』に変える。

『魔石』は『瘴気』を吸収すると『魔物』になる。

『魔物』はエルフ族、ドワーフ族、人族を襲う。しかし、魔族や他の動物は襲わない。

「つまり、三種族が食べたり争ったりして生き物を殺すと『罪』が生まれる。『罪』はその辺の鉱物を『魔石』に変える。魔石は大気に漂っている『瘴気』とくっついて『魔物』になる。魔物は三つの種族を殺す。逆に魔物を殺してしまうと、『罪』が発生する。そうやって『魔物』はどんどん増えていく。その循環を作るのが『赤き贖罪《しょくざい》の門』。そういうことで合ってるか？」

「タクミ……今日はどうしちゃったの？　あなた本当にタクミなの？」

ミアの中での俺は、一体どんな人間なんだろうか……。知らない方が良さそうだ。

カルラが頷く。

「合ってるわ。ついでに言うと、魔物にとって『罪』はエネルギーなの。だから、魔石に溜まっている『罪』がなくなると動けなくなるわ」

リドに魔石を食べさせたのは、エネルギーを補充させたってことね。

「魔石の『罪』が空っぽになると、魔物は死ぬってことであってますか？」

今度はミアがカルラに質問する。

この仕組みを作ったのが天才と呼ばれた魔王だとすると……俺の考えはこうなる。

「『罪』が空になると、『瘴気』をエネルギーにするんじゃないのか？　両方が空になると魔石ごと消滅するとか……」

カルラだけじゃなく、ゲイルとドワーフ王も固まってしまった。

「——な、なんで、そう思ったの？」

「そうしないと、世界から『瘴気』がなくならない。魔物は殺戮兵器《さつりくへいき》であると同時に、魔族にとっては『瘴気』を浄化する装置なんじゃないのか？」

「た、タクミ……。あなた誰かから既に聞いて知ってるんじゃないの？」

ミアがジト目で見つめてくる。

カルラが失礼なことを言うから、ミアが勘違いしてしまったじゃないか。

「いや初めて聞く話だ。たぶんだけど、エルフ族、人族、ドワーフ族が滅びた後、『瘴気』は魔物がエネルギーとして吸収して浄化してくれる。『瘴気』が発生しない世の中になれば、魔物はエネルギーの補充ができなくなり、自然に淘汰《とうた》される。そこまでが魔王の考えたシナリオじゃないのかな」

みんな驚いた表情のまま固まってしまい、場が沈黙に包まれる。

ミアだけは、さらにジト目で俺を見つめてくる。……圧が強いぞ。

「そんなに驚くことなのか？　仕組みをゼロから考えた魔王はすごいと思う。けど、内容を聞いて魔王がどう考えたのかを読み解くのは簡単だろう？」

ダメだ。みんなの反応がない。……話題を変えるか。

「カルラ。魔石って進化して大きくなるんじゃないのか？」

「——ハッ。少し意識が飛んでいたわ。魔石が進化するか？　お察しのとおり、魔石に『罪』が満たされると進化するわ。そして魔石は大きくなる」

「タクミの言いたいことがわかった！　冒険者ギルドの魔物ランクが、どうして魔石の大きさで決まるのか……それが理由ってことでしょ？」

俺は頷く。そして、この考えも合っているだろう。

「魔物を倒したときの黒い煙の正体は『瘴気』ってことだよな？」

「正解よ。それと残った魔石の中には『罪』が蓄えられているわ。だから、魔石を割ると『罪』はその場に拡散されて、別の魔石に吸収されるか、近くの鉱石を魔石に変えるのよ」

どんなに魔物を倒しても、この世に『罪』が増えてどんどん魔物が強くなる。

最終的には、誰も勝てないような魔物が誕生して、魔族以外の種族は全滅すると……。

魔王よ……もっと違うことに頭を使えよ。

「その魔王って、もしかして……カルラのお父さんだったりするのか？」

「違うわよ。お父様で四代目よ。……血は繋がっているわね」

「そのなんとかの門っていう凄いものを作れるぐらいなら、魔物を作らないで『瘴気』だけを解決することも出来たんじゃない？」

ミア。いいところを突くな。単純に支配欲が強かった可能性もあるけど、何かあったのかも。

他の種族への深い失望か……それとも復讐か。

「カルラさん、説明ご苦労だった。あの出来事をきちんと伝え残していることが確認できて安心した。その後の出来事についてはワシから説明しよう。先に言っておくぞ。全員、このことは他言無用だ」

ドワーフ王は威圧するような目で俺達を見る。

これから話すことの深刻さが伝わってきた。

「タクミとミアは、間違いなくこの世界に影響を与える者だ。そしてカルラさんとゲイルさんもだ。これから話すことは、魔族の王族に話して良い内容なのかワシにはわからん。しかし、二人はタクミ達の仲間だ。知っておかなければならん」

カルラとゲイルは頷く。

「これから話すことに魔王であるお父様が、王女である私に隠している内容が含まれている……可能性があるということですね。私もタクミ達の仲間として話を聞きます。他言しないことを誓いますのでご安心ください」

カルラはドワーフ王の意図を汲《く》んだようだ。

それにしても、俺とミアの立場がとんでもない扱いになっているな。ミアも苦笑している。

俺に世直しの趣味はない……が、今更失礼しますと言って退室するわけにもいかないだろうな。

ミアが冷ややかな目で俺を睨んでくる。何を考えているかバレているようだ。

……俺は観念して、話を最後まで聞くことにした。

「これから話すことは、ドワーフ族に言い伝えられてきた歴史だ。だから他の種族とは認識が違うかもしれん」

　俺は頷いた。伝説のたぐいは、伝える者の立場や価値観によって情報操作が加わり、都合よく改編される。そのつもりで聞けってことだ。

「カルラさんの話の続きだ。世界に魔物は瞬《また》く間に増えた。そして、窮地《きゅうち》に立たされたエルフ族、人族、ドワーフ族は手を結び、英雄達を送り込んだ。そして魔王を討伐したのだ」

　魔王は倒されたのか⁉　けど、今も魔物がいるってことは……。

「『赤き贖罪《しょくざい》の門』はどうなったんですか？」

「言い伝えでは破壊できなかったとある。だから英雄達は門の扉を閉め、どこかに封印した。封印した場所は、悪用を防ぐため各種族の王にさえ秘匿されたそうだ」

　……今もこの世界のどこかにあるということか。

「魔族の新たな王には、父と同じく天才と呼ばれ、英雄達と共に戦った『魔王の息子』が選ばれた。そして各種族の王は、新たな魔王にこの世界に魔物を造り出した責任を追及したのだ。新たな魔王は、アーティファクト『血統封呪』を創り、魔族の恩恵として取り込んだ」

『血統封呪』って、カルラとゲイルのステータスの恩恵にあったやつか。

「『血統封呪』は、魔族の能力を大幅に減少させる呪い。その効果は終わることなく一族に作用する。そして、その呪いの状態にあるときに瞳の色は赤くなるのだ。自ら呪いで力を封じ、二度と同じ過ちを犯さないようにしたことで魔族は許されたのだ」

俺はついカルラとゲイルを見てしまった。

二人ともこの話は知っているようで、俺に頷く。

カルラ達のステータスにあった呪いは、謝罪の証としてかけられていたのか。

勝手にいじらなくて良かった。もし、瞳の色が赤以外の状態でドワーフ王に会っていたら……想像するだけでも怖いんですけど。

「『赤き贖罪《しょくざい》の門』の扉を閉じて封印したことで、新たな『罪』は発生しなくなった。だが、世界中に既に存在する『罪』を減らすことは難しかったのだ。魔石を壊しても、蓄えられていた『罪』はそのまま放出され、新たな魔石を作り出す。魔石を壊さないで保管しても、『瘴気』を吸収して魔物になる。この問題を解決したのは新たな魔王、つまり『魔王の息子』だった」

魔石から『罪』だけ消費すればいいんだよな……あれ？

「もしかして……魔道具？」

「さすがタクミじゃ。その通り、魔道具は魔石に溜まった『罪』のエネルギーを消費する道具。ただしこのときの魔道具は、使えるのが魔族と魔物だけだった。呪いの影響で、改良ができなかったらしい。その後しばらくして、この魔道具を誰でも使えるようにしたのがエルフ族だ」

だから、魔族とエルフ族が魔道具をつくれるのか。

「魔道具は世界中で使われ、『罪』を消費していった。魔物は徐々に弱体化し、これで世界が平和になると誰もが思ったのだ」

　なるほど、確かに魔道具を使えば『罪』を消費できる。

　けれど、それは悪手だ。……根本的な解決にはならない。

「魔道具が作られてから一〇〇年後、今からだと三五〇年程前になる。当時は『罪』が空になった魔石は、再び魔物にならないよう壊すのがあたりまえだった。魔石が世の中から徐々に無くなり、行き場のなくなった『瘴気』が世界中に蔓延したせいで作物は育たなくなり、死の病が流行り始めた」

　魔石が減ることで、『瘴気』を浄化できなくなったということだな。

「これにより魔族は信用を無くした。魔道具は『瘴気』を世界中に蔓延させるため、魔族が企てた罠だったと各種族は思ったのだ。信用が失墜《しっつい》した魔族は自領に引きこもり、どの種族ともかかわらず、静かに生きていくことを選んだ」

　俺達が『瘴気』を気にせず暮らせているということは、解決したってことか？

「この『瘴気』の問題を解決したのはエルフ族だった。王都『ティターニア』の近くで育った巨木が、世界に蔓延していた『瘴気』を浄化したのだ。この巨木が『世界樹』と言われておる。タクミ達が探している樹だ」

　やっと『世界樹』の手がかりを見つけた……はずなのに、背中に冷たい汗が一筋流れる。

　……エルフ族は『世界樹』をどこで手に入れたのだ？

「――タクミよ、どうした？　神妙な顔をして」

ドワーフ王が俺の異変を察して尋ねた。

「エルフ族はどこから『世界樹』を手に入れたのかなと考えてました」

「タクミも知っての通り、エルフ族は秘密が多い。なんでもかんでも秘匿にするよう変わったのは、ちょうどその頃らしい。『世界樹』については『瘴気』を浄化すること以外、ワシらも知らんのだ。むしろ、ワシはタクミの口から『世界樹』の名前が出て驚いたぞ」

ますます怪しいな。

けど、今は『世界樹』が何処にあるかわかっただけでも良しとするか。

「あと少しで終わる。話を続けるぞ。それから一〇〇年後、今から二二〇年程前。ある日、突如平和な時代が終わりを告げた。世界中に魔物が溢れ出したのだ。特にシラカミダンジョンの大迷宮は、今までに見たことのない強力な魔物で溢れた。大迷宮で探索や発掘をしていた冒険者やドワーフのほとんどが殺された。さらに、霊峰シラカミにある巨大な縦穴からは、翼を持つ魔物がたくさん飛び放たれたそうだ」

……シラカミダンジョンってここの話だよな？

「各種族の王は、『赤き贖罪《しょくざい》の門』の扉が開いたと判断した。だが、問題の『門』がどこにあるのかわからなかったのだ。各種族が協力して世界中を探したが、見つけることはできなかった。

真っ先に疑ったのはシラカミダンジョンの大迷宮だが、これまでに見たことがないほど強い魔物が溢れ、調査はできなかった。今では、『門』はシラカミダンジョンの大迷宮のどこかにあるというのが通説となっておる」

今も見つかってないのね……。

「この魔物の勢いを止めるため、エルフ族は『冒険者ギルド』という『魔物』を狩る仕組みを世界中に作った。そこで魔石を買い取り、魔道具に使うことで『罪』を消費する。『瘴気』は世界樹が浄化した。だが、この仕組みだけでは魔物の増加を止められなかった」

今から二〇〇年以上前の話だよな。今はそんなに切羽つまった感じはしないけど……。

「この頃突如、人族に異能を操る者達が現れるようになった。他の世界の知識を持つ、その人族のことを『異世界人』と呼んだ。エルフ族は人族の街や村に、異世界人を見かけたら冒険者ギルドへ案内するように通達を出した。これにより異世界人は冒険者ギルドに加入し、魔物を退治する流れができたのだ。それからは、冒険者ギルド、魔道具、異世界人、世界樹により『罪』と『瘴気』の増加は防げておる。それが今なのだ。以上がドワーフ族に伝わる世界の歴史だ」

とても貴重な話だった。

ただ、二回目の『門』の扉が開いたとき、魔物が大量に溢れたのが気になった。『罪』と『瘴気』も大量に必要なはずだ。

思考の海に潜りかけたとき、ミアの声で引き戻される。

「カルラさんは知ってたの？」

カルラはビクっと肩を揺らした。カルラの顔から血の気が引いていた。

俺が黙ってじっと見つめていると、ため息をつき、観念したように口を開く。

「別に隠すつもりはないの。ただ、憶測だけで口にしていいことでもないのよ。お父様に確認するから、それまで待ってちょうだい。そのときは、ゴンさんにもきちんと説明しますので」

「ああ、ワシのことは気にせんでいい」

「俺達もそれで大丈夫だ」

……ゲイルがカルラのことを心配そうに見ていたな。

あの表情からゲイルは何も知らなそうだ。

世の中には知らない方がいいこともあるからな。……聞くのがちょっと怖いぞ。

そういえば、『門』はこのダンジョンの地下にあるんだよな。

英雄達はどうやって『門』を地下に運んだ？

「シラカミダンジョンって、昔は魔物がいなかったんですか？」

「ああ。いなかったらしいぞ。当時は、アーティファクト狙いの探索者や学者やらで賑《にぎ》わっていたようだ。二回目の『門』の扉が開いたとき、魔物によって全滅したらしいがな」

「ということはシラカミダンジョンの最下層は何階か知っているんですね？」

「大迷宮の最下層は九階と言い伝えられておる」

たしか、アーサーさんは地下六階まで行って、食料不足で引き返したんだよな。

今思えばアーサーさんも『赤き贖罪《しょくざい》の門』の調査だったのかもな。
俺達なら転送魔法陣の完成版が手に入れば攻略できそうな気もするが、今は後回しだ。
今優先することは、ククトさんとマルルさんを生き返らせることだ。

第10話　再会

——翌日。ゴンヒルリムに着いてから三日目の朝。

部屋で朝食を食べ終えたとき、ミア、カルラ、ゲイルが俺の部屋に集まってきた。

「タクミ、今日は何か予定があるんでしょ。私達もついて行くわよ」

「ああ、入出管理棟に行く予定だ。何をするかは行ってからのお楽しみだな」

「いいわよ。大体想像がつくから。ミアは知っているの？」

「一応は聞いてます」

「二人だけの秘密ってやつね。パイオね」

「カルラさん、全く違いますから‼」

パイオって何なんだ……。


——入出管理棟の応接室。

「タタラさん、急に押しかけてごめんなさい。この施設がどうやって『ゴンヒルリムの通行証』と通話しているのか、教えてもらえませんか？」

「その様子からすると、かなり大事なことなんだな？　王からはタクミ達に協力してやれって言われてるから大丈夫だぞ」

おおっ、さすがドワーフ王、仕事のできる男だ。

「それなら、まずミアに『ゴンヒルリムの通行証』を使った通話を体験してもらいたい。俺の『ゴンヒルリムの通行証』の腕輪は、俺しか着けられないので何か方法はありませんか？」

「それなら、このゲスト用の『ゴンヒルリムの通行証』を使ってくれ。こいつは誰でも使えるようになっている」

そういえば年に数回、ゴミを地上へ捨てに行くとか言ってたな。そのときに使う腕輪か。

ゲスト用の腕輪を借りた後、俺達はシラカミダンジョンに転送してもらった。

――シラカミダンジョン地下三階　転送魔法陣の近く。

『どうだ？　聞こえるか？』

『す、すごいです！　タタラさんの声が頭に直接聞こえます‼』

カルラとゲイルには全く聞こえていない。

けど、俺には聞こえているんだよね。

もしかして……。

『タタラさん、これって複数人でも同時に話せるんですか？』

『ああ、話せるぞ。魔法陣と制御装置がつながれば、その魔法陣の周辺にいる全員と話せる。

ただし、腕輪を所有していることが条件だ』

誰にも気づかれないで会話できるとか、最高の通信機器だ。

あとは制御装置側の仕組みがシンプルなら、なんとかなりそうだ。

俺は転送魔法陣を二枚ほど紙に模写するよう、ミアにお願いした。

ミアが模写している間、カルラとゲイルにも『ゴンヒルリムの通行証』の会話を試してもらう。二人とも驚き、感動していたが、ゲイルはこの有用性に気づいたようで、顔が青ざめていた。

「た、タクミよ。まさか、これを作る気か？」

「ああ、言いたいことはわかる。安心してくれ。これを世の中に広めるつもりはない。限られたメンバーだけの秘密の連絡手段だ」

「そうか。それなら何も言うことはない。これを戦争や悪事に使用されたらと考えるとゾッとしたのだ」

――俺達は入出管理棟に戻った。タタラさんが制御室に案内してくれた。

制御室は四メートル四方ぐらいの広さで、ドアから入って正面の壁は見たこともない材質だった。タタラさんの話では、この壁はディスプレイのような働きをするらしい。部屋の中央に置かれた机の上には縦八センチ、横六センチぐらいのパネルがたくさん並んでいる。

ひとつひとつのパネルには縦に四つ、横に三つ、合計一二個の正方形の模様が描かれていた。

「パソコンのテンキーが、たくさん並んでるみたい」

ミアがこぼした感想を聞いて、たしかに似ているなと思った。

あの正方形の模様は、タッチ式のボタンなんだろうな。

「説明するぞ。この机の上のボタンはシラカミダンジョンの転送魔法陣と紐付いている。転送魔法陣の近くに『ゴンヒルリムの通行証』があると、ボタンが光るのだ」

検証のため、ゲイルがゲスト用の腕輪を着けてシラカミダンジョンに移動してくれた。

すると、机の上のボタンが一つ点灯した。

「この光っているボタンを押すと、その転送魔法陣とつながる」

タタラさんはそう言うと、点灯しているボタンを押す。

正面のディスプレイに、転送魔法陣の近くにいるゲイルが映し出された。

「「おおっ」」

俺とミアとカルラから、驚きの声があがる。

『こっちの声は聞こえとるか?』

『ああ、大丈夫だ。聞こえている』

ミアとカルラを見ると会話が聞こえていないようだった。

『ゲイル、俺の声は聞こえるか?』

『ああ、タクミだな。聞こえているぞ』

タタラさんの腕を見ると『ゴンヒルリムの通行証』の腕輪が着いていた。

なるほどな。制御室側も腕輪の所有者だけが通話できる仕組みのようだ。

「タタラさん、もう大丈夫です。ゲイルを戻してください」

「この右端のボタンは、各入出管理室に紐付いている。転送させたい部屋のボタンを押せば、魔法陣からその部屋に転送できるようになる」

なるほど。ディスプレイと通話で、相手を確認することができる。

だから転送許可を出さないこともできるし、転送先の部屋で待ち伏せすることも可能。

これは罠を張るにはもってこいだな。


――制御室にゲイルが戻ってきた。

さてと、これからが本題だ。

「タタラさん、このパネルが壊れたときはどうするんですか？」

「パネルは取り外しできるようになっておる。そこの棚に予備がたくさんあるから、取り替えれば終わりだ」

棚の中を見せてもらう。大量のパネルの予備が積まれていた。

古代人にとっても、この装置はかなり重要だったことがわかる。

この街の唯一の出入り口だから当たり前か。

「壊れたパネルはありますか？」

「棚の一番下の引き出しにあるぞ」

一番下の引き出しの中には、二〇枚のパネルがあった。

そのうち八枚は割れていたので、残りの一二枚のパネルをもらうことにした。


――入出管理棟の外に出ると時間はお昼をまわっていた。

カルラとゲイルは旅の買い出しがあるそうなので、ここで別れた。

俺とミアは棟梁達の工房へ向かった。

工房に着くと、ミアを見つけたドワーフ達が騒ぎ出す。

棟梁達もすぐに工房から飛び出してきたので、探す手間が省けた。

何を作ろうとしているかの説明は避け、必要なパーツの打ち合わせをする。

今日中に一二セット納品という無理難題も、快く引き受けてくれた。


――俺達がドワーフ王の館に着いたときには、カルラとゲイルは既に戻っていた。

棟梁達には、出来たモノから届けて欲しいと依頼してある。

俺はそれを待っている間、カルラ達が買ってきてくれたポーションを『改ざん』スキルで強化した。

そのあと簡単な食事会が行われ、ドワーフ王がニヤリ顔で俺に話しかける。

「棟梁達から話はきいたぞ。何かの部品らしきモノを依頼したそうだな。何を作る気なんだ？」

俺は携帯念話機のアイデアと、その危険性から特定のメンバー限定の連絡手段にするつもりだと説明した。

「また面白いことを考えたな。使えるのは特定のメンバーだけなのか……」

「安心してください。そのメンバーにゴンさんも含まれています。というか、参加してもらわないと困ります」

それを聞くと、ドワーフ王はソワソワした態度から急に笑顔になる。

「そ、そうか。よしっ！　決めたぞ。タクミとミアをドワーフの大使とする。ワシと直接連絡が取れるし、肩書きがあると便利だぞ。……いろいろと都合がいいしな」

「それはありがたいですが、人族なのにドワーフの大使を名乗って信じてもらえるんですか？」

「この街では問題ないが、外だと一般人には無理だな。だが、王族やその周囲にいるヤツらには通じるぞ。その腕輪を見せればな。人族で『ゴンヒルリムの通行証』を持つ意味は大きいのだ」

この提案を俺はありがたく引き受けた。

その後、棟梁に頼んだ携帯念話機のパーツが続々と届けられた。

俺とミアが、試行錯誤しながら、なんとか『携帯念話機』を作り終えたとき、しらじらと夜が明けようとしていた。

――ゴンヒルリムに着いてから四日目。

今日は、カルラとゲイルが魔族の王都ゾフへ出発する日だ。

俺達は見送るため入出管理棟に集まった。

ここには俺、ミア、カルラ、ゲイルの四人。そしてドワーフ王、タタラさん、棟梁達がいる。

『携帯念話機』は、俺達四人、ドワーフ王、タタラさんに渡した。

残りの六台は収納ポケットに入れた。

「ほれ、出来た分だけ持ってきたぞ。時間が無くて四つしか作れんかったがの」

棟梁達が台車を引いてくる。そこには金属製の板が四枚積まれていた。転送魔法陣だ。

俺が依頼したのは、ポータブルって言葉が似合うぐらい持ち運びが便利なモノだったはず。

「……結構重そうですね」

「ワシらも持ち運べるモノを作るつもりだった。だがな、よく考えてみると重視するポイントは軽さではなく、頑丈さだと気づいたのだ。だから堅鋼《アダマンタイト》で作った。しかも、魔法陣は外から見えない作りになっているぞ」

――ん？　魔法陣をわざわざ見えないように作っただと。

……なるほど、それは確かにこのスタイルが正解だな。

「みなさんありがとうございました。確かにその通りですね。転送魔法陣の本体は、転送後その場に取り残される。だから設置後も壊れることなく、転送魔法陣だとまわりにバレないことを重視した訳ですね」

「おおっ、さすがタクミだ。タクミなら分かってくれると信じとったぞ。あともう一つ報告がある。転送魔法陣は地上からも使えた。これは物流革命が起きるぞ！」

「「「おおおおっ」」」

　これで転送魔法陣さえ設置すれば、ゴンヒルリム経由で楽に移動できる。

　そして同じ仕組みで作った『携帯念話機』も外で使えるはずだ。

「いろいろとご協力ありがとうございます」

　おっと、俺も渡すモノがあったんだ。

「ゴンさん、タタラさん、これが例のアレです。あとはお願いします」

「タクミよ。本当にやるのか？」

「ワシもちょっとやりすぎな気がするが……」

　俺が大きな袋を渡そうとすると、ドワーフ王とタタラさんが手に取るのをためらう。

「いえ、これは大事なことです。俺はククトさんとマルルさんを自分の甘さで死なせてしまった。あんなことは二度と起こさせません」

　二人ともしぶしぶ受け取り頷いてくれた。

　これで本当に準備万全だ。

「ワシからも新たに就任したドワーフ大使に贈り物がある。ミアよ、これを持っていけ」

ドワーフ王は、ミアに『ゴンヒルリムの通行証』の腕輪を渡した。

「え！　これわたしがもらっていいんですか？」

「当たり前だ。タクミとミアはドワーフの大使だ。タクミにも言ったが、この腕輪はドワーフ族の信頼を証明するモノでもある。大使が持たずに誰が持つ。ちゃんと登録手続きをしているから、腕輪を着けて大丈夫だぞ」

『ゴンヒルリムの通行証』は譲渡《じょうと》の手続きをとらないで着けると壊れる仕組みになっている。

これで、あの腕輪はミア専用になった。

「ありがとうございます。大使の名に恥じないようがんばります」

みんなから拍手がわき起こる。

これで、ミアも転送魔法陣を起動できるようになった。

「さて、早速だがドワーフ大使の二人にやってもらいたいことがある。魔族の王都ゾフに『転送魔法陣』を設置してきてくれ。帰りは転送で戻ってこられるだろ？　カルラさん達もゾフに行くようだから、一緒にドラゴンに乗せてもらえばすぐに着く。頼んだぞ」

――へ？　俺も行くのか？

「タクミよ、ゾフまでよろしく頼むぞ」

「タクミ、すぐ着くから大丈夫よ」

「さあ、いくわよ。何をボーッとしてるのよ」

なんでみんな普通でいられるんだ？

まさか……仕組まれていたのか⁉

「さあ！　王都ゾフへ出発しましょう‼」

ミアの明るいかけ声が部屋に響いた。

――シラカミダンジョン地下三階。

魔族領に一番近い転送魔法陣まで転送してもらった。

地下三階の地図をもらったので、道に迷うことはない。

移動中も『携帯念話機』のテストを繰り返す。

とにかく使うことに慣れないとな。

カルラとゲイルは、携帯やスマホの利用経験が無いから特にだ。

『前から魔物が二体くるぞ』

『俺とミアでいく。ミアは向かって左を頼む。カルラは後ろを警戒してくれ』

『『了解！』』

今はミアとゲイルの『携帯念話機』がつながっている。

『携帯念話機』は同時に一台までしか接続できない。

複数人で同時に念話するには、『携帯念話機』同士を近づける必要があった。

スマホの通話をスピーカーにして、みんなで話しているのと同じイメージで利用できる。

魔物の姿が見えてきた。

人型だったのでスケルトンかと思いきや、身長は二メートルを軽く超え、巨体は筋肉で覆われていた。鬼のような顔つきで、巨大な斧を持っている。

『……とても強そうなんだけど』

ミアが俺をチラっと見る。

最近戦った相手は雑魚《ざこ》ばかりだったからな。

『あれはオーガだ。魔族領のまわりは、他の種族が近づけないよう魔物を少し強くしている。冒険者ギルドでいうところのBランクだな』

『意図的に強い魔物を作れるのか？』

『魔石を与えればいい。食べた魔物は『罪』が溜まり強くなる。他種族が魔族領へ侵攻するときの要所、その付近の魔物を強くしているのだ。言っておくが、他種族を攻撃するのが目的ではないからな』

なるほどな。

けど、カルラを攫ったエルフ達は、そんな強力な魔物達を突破したわけだ。意外と侮れないな。

『ミア、俺からいく。（その方がミアも安心して戦えるだろう）』

『あっ……』

『た、タクミよ。たぶんだが、心の声が漏れているぞ……』

『パイオね！』

『ツーツー』

どうやら、ミアが念話を切ったらしい。

心の声が漏れてるって……俺は一体何をしゃべったのだろうか？

気を取り直して、俺はオーガに接近し、戦闘を開始する。

この通路は直径三メートルぐらいの広さのため、オーガはコンパクトに斧を振ってくる。

俺は『心の壁』バリアで防いだ。

二度三度と防ぐと、オーガはバリアを壊すために斜めに大きく振りかぶった。

目が慣れた俺は、バリアで受け流す。斧の刃が頭上を滑る。

俺は光刃の剣《ライトセーバー》でオーガの両足を切断、返す光刃でずり落ちてきた上半身から首を落とした。

オーガは黒い煙となって消える。

ミアを見ると、斧を持つ手首を切り落としたところだった。

俺の戦い方を見ていたのか、両足を切りつけて動きを封じた後にとどめを刺した。

ゲイルとカルラがこちらにやってきた。

「お疲れ様。オーガ相手なのに余裕なのね」

ゲイルとカルラの雰囲気に緊迫感はない。

まあ、魔族は魔物に襲われないから当たり前か。

——ん？　ちょっとまてよ。

あの二人のレベルって、ゲイルが九一でカルラが七六だったはず。

魔物に襲われないのに、レベルが高すぎるだろ。

まさか……。

「魔族は意図的に強い魔物を作って、レベルを上げてたりする？」

「「…………」」

当たりだな。

「きちんと管理してやってるなら、俺はアリだと思っているよ」

「う、うむ。魔族の数は少ないのだ。少しでも生存率を上げるために、我らの特性を活かしたレベル上げを子供の頃から行っている。他の種族に申し訳なくて言い辛かったのだ」

マジか。俺も一緒に修行させてほしいんだけど。

魔物を強くしてレベルを上げる……とても魅力的な言葉だった。

実際にレベル上げをすると、魔物との戦闘よりもランクの高い魔物を探す方が大変なのだ。

つまり自分のレベルに合った狩り場の確保だ。

機会があれば魔族の秘密訓練に俺も参加させてほしいと、ダメ元でカルラにお願いしてみる。

「ふっふふふ。いいわ。やっぱりタクミもこちら側だったのね。歓迎するわ」

なぜかゲイルまでニヤリと笑いながら俺を見ている。

魔族はみんな戦闘狂なのか。Sなのか？　Sならこっちにもいるぞ。俺はミアを見た。

「……なによ。ロクなことを考えていないことだけはわかるわ」

なぜバレた？

その後も途中で遭遇したオーガは、俺とミアの経験値とさせてもらった。

地下一階に上がってから、そろそろ一時間ほど経つ。

ゲイルの話だと、出口は近いそうだ。

そのあとすぐに通路が行き止まりとなり、そこにあった階段を上った。

やっと地上階だ。メルキド王国側と同じ造りなら、この通路を少し歩けば外に出られるはずだ。

バスケットコートぐらいの広さの場所に出た。その先に明かりが見える。あれが出口だな。

そのまま進み出口に近づくと、二人組の人影が外から入ってきた。

逆光で顔がよく見えないが、冒険者のような装《よそお》いだ。

「やっと会えたよ。タクマとミオ」

タクマとミオって……もしかして。

「あ、アーサーさんとメアリーさん？」

ミアは驚き、名前を口にする。

それは俺達が一番会いたくない相手の名前だった。

「よかったよ。覚えていてくれたんだね。エルフからの要請でタクミとミアを捕まえ……」

「きさまぁ、よくも仲間をぉぉぉ！」

激昂《げっこう》したカルラが、アーサーさんに向かって無詠唱で魔法を放つ。

サッカーボールぐらいの大きさの炎の弾が、まわりの空気を歪めながら高速でアーサーさんを襲う。アーサーさんはメアリーさんの前に立ち、右手を前に突き出して炎の弾を受け止めた。

その瞬間大爆発が起こる。衝撃が空気を伝搬し、その後から爆風が周囲を吹き飛ばした。

俺はミアの前に出て『心の壁』バリアで防ぐ。

バリアの範囲から外れた壁に、衝撃で亀裂が走った。

な、なんて威力だ。

カルラのやつ、こんなに強かったのか。

爆発によって立ちこめた煙がおさまる。

そこには、何事もなかったような顔をしたアーサーさんの姿があった。

右腕を中心に、上半身の服は焼け焦げていた。

魔法を受け止めた右の掌《てのひら》は軽い火傷を負っている……ようにみえる。

どうなっているんだ。血が一滴も流れていない。

「ちょっと待っ――」

「うるさい！　おまえのせいでみんな死んだんだ‼」

アーサーさんの言葉を遮り、カルラが叫ぶ。

その瞬間、ゲイルがどこからともなく現れ、アーサーさんの腹部を剣で斬りつけた。

完全にアーサーさんの意表を突いた攻撃。

しかもあの剣は俺が攻撃力を『95』に『改ざん』した『堅鋼《アダマンタイト》ソード』だ。

しかし、アーサーさんの服が破れただけで、浅い切り傷しか見えなかった。

「ば、バカな……」

ゲイルから声が漏れる。

俺達は絶句した。

確かにあの防御力には驚愕《きょうがく》する。

しかし、それ以上に異様なことが起きている。

傷から血が一滴も流れていないのだ。

「みなさん、落ち着いて！　まず話を聞いてください」

メアリーさんの声が響く。

「タクミ、こいつらは敵《かたき》だ。止めるな！」

カルラが、俺を睨む。

瞳がギラギラと炎のように猛《たけ》っている。

「タクマさん、少しだけでも話を聞いて下さい」

メアリーさんの声には、俺にすがるような焦りがあった。

どちらの意見に耳を傾けるか……いや悩む必要はない。

選択肢は最初からないに等しいからな。

「わかりました。話を聞きます。ただし、少し離れた距離でお願いします」

「タクミ！」

　カルラが俺に食い下がる。

「ゲイル！　カルラを連れて少し離れてくれ」

　俺はミアの近くに移動する。

『タクミよ。ミアとつないだぞ。これで良いのだな？』

『ああ。ゲイル、ミア、二人ともありがとう。カルラ聞こえているよね。まずは落ち着いて。カルラの最優先事項は、ゾフに戻り、魔族と人族の戦争を止めること。ここで死んだら止められなくなる』

　カルラは苦々しい顔つきでアーサーさんを睨みつけ、唇を噛む。

『……わかった。アイツは許さないが、今は話を聞こう』

　俺の予想だと、こちらから手を出さない限り戦闘にはならない。

　その証拠に、アーサーさんはどんなに攻撃されても一度も剣を手にしなかった。

　それに、今は戦っても勝てないだろう。

　まずアーサーさんの攻撃力が脅威だ。『心の壁』バリアでも防げるか怪しい。

　それ以上に脅威なのが、あの防御力だ。ただ硬いだけじゃない。スキルだろうな。

　正直な話、ダメージを与えられる気がしない。

　アーサーさんを見ると、傷は無くなっていた。

　回復力も尋常《じんじょう》じゃないと……本当に人間か？

場に停戦の空気が流れる。

それを察してか、アーサーさん達は少し後ろに下がった。

そして、深々と頭を下げた。

「まずは謝罪を……王都ではあなた達、魔族の処刑に加担してしまい申し訳なかった」

「ふざけるんじゃないわよ！　謝って済むわけがないでしょうがっ！」

「私個人の言い訳はしない。だが、人族は魔族と敵対したいわけではない。背後にエルフの圧力があったのだ。それだけは伝えておきたい」

「圧力があろうと、加担したことには変わりないわ。特にあんたほどの実力があれば、止めることもできるわよね!?」

「お兄様がど――」

「メアリーいいのだ。王女の言っていることは正しい」

カルラの言葉に何かを言い返そうとしたメアリーさんを、アーサーさんが止めた。

「その通り、僕は止められたけど止めなかった。恨むなら僕を恨んでくれ。では、話の続きをする」

ここからが本題だな。俺は念話で警戒を解かないように全員に指示を出す。

アーサーさんが全員を見渡した。

「ここに来た目的は、このエルフ族に仕組まれた人族と魔族の戦争を止めるためだ。エルフ族の圧力で、メルキド王よりタクミとミアを捕まえるよう命じられているが、魔族の捕縛は命じられていない」

　アーサーさんは俺とミアに顔を向ける。

　その目には同情というか哀《あわ》れみのようなものが映っていた。

　――え？　マジか……。

『タクミよ。止めても無駄だぞ。ヤツらがおまえ達を連れて行くことは、このオレが絶対に許さん』

『そうよ。私達が時間を稼ぐから、いつもの調子でなんとかしなさい。タクミならできるわ』

　やめてくれ。

　みんなを犠牲にする気は無い。

「――ということ。だから誰も捕縛することはない。ここまではいいね？」

　俺達が念話していることに気づかないアーサーさんは、淡々と話を続けていた。

　そして、今とても気になることを言ってなかったか。

「誰も捕縛することはない？」

「ああ。僕達が命令されたのは、タクミとミアの捕縛だ。ここには友人のタクマとミオがいるだけだ。だから誰も捕縛することはない」

　全員、今の言葉を理解するのに少し時間を必要とした。

　もしかして、俺達の正体に気づいていない？

いや、カルラ達がさっきから俺のことをタクミって呼んでいるから、気づかないわけがない。

『どうやら見逃してくれるみたいだ』

『やっぱりそういうことだよね』

『し、信じられん』

『何かの罠じゃないの？』

ゲイルとカルラが戸惑《とまど》うのも無理はない。

俺も今の展開を頭の中で消化しきれてないのだから。

アーサーさんは俺達を見つめ、力強く頷く。言葉には出来ないけど、僕を信じてくれと。

そしてアーサーさんは話を進めた。

「まず魔族の王女には自国に戻り、戦争を止めてもらうようにお願いしたい」

「カルラだ。私の名はカルラだ」

「では、カルラ王女。この戦争を止めるため、ご協力いただけないでしょうか。今回の一件は、エルフの国から送り込まれたエルドール大使が企てたこと。人族に非がないわけではないのですが、我々も敵対することは望まないのです」

「私達も戦争を止める気だったのよ。今もそのために急いでゾフに戻ろうとしているわ。それを邪魔してるのはあんたよ」

「申し訳ありませんでした。しかし意思を確認できただけでもここにきた甲斐がありました。

では、私はこれから王都に戻り、戦争を回避するよう動きたいと思います」

「ちょっと待って、あんたの実力ならその大使とやらを排除するぐらい簡単じゃないの？」

……アーサーさんは沈黙する。

メアリーさんが何かを決意したように顔を上げた。

「私達はこの世界に来る前、ずっと騎士に憧れていました。両親が『アーサー王伝説』の物語が大好きで、何度も何度も読み聞かせてくれました。そのおかげで、私達も夢中になりました。お兄様の名前の由来は、アーサー王からきています」

「僕は、王様よりも騎士のランスロットに憧れてしまったんだけどね」

アーサーさんは楽しそうに微笑む。

「お兄様は、王よりも騎士になりたかった。円卓の騎士の中でも武勇・人格ともに最も優れた英雄ランスロットのように。ですが物語のランスロットは王の妻と恋仲になり、それで身を滅ぼします」

「だから僕は英雄や騎士ではなく、裏切ることのない王の剣になりたいと思ったのさ。アーサー王の持つ伝説の剣エクスカリバーのようにね。だから、僕がメルキド王を裏切ることはない」

いつも優しいアーサーさんの眼が、覇気を帯びた眼に変わる。

俺は英雄ランスロットがどんな人物か詳しくは知らない。

ただ憧れの騎士が、主である王を裏切る行為をした点に関しては、アーサーさんは耐えられなかった。

「このようにお兄様は、一度決めると曲げることのない非常に頑固な性格なのです。ですから王の意思を無視して行動することはできません」

「剣は言葉をしゃべらない。けれど、斬ってはいけないものを斬らないことはできるさ」

得意げなアーサーさんを横目に、メアリーさんはため息をつく。

「おわかりいただけましたか？」

見た日と性格はかなり良いのに、意外に残念なヤツだったのか……。メアリーさん、苦労してるんだな。

子供の頃からずっと憧れていた、か。これは俺の仮説でしかないが、この世界には『隠しルール』がある。『無意識の思い込み』がスキルの性能に制限をかけてしまうのだ。

アーサーさんの馬鹿げた強さの秘密は、子供の頃から純粋に正義のヒーローに憧れつづけた結果なのか。

いや、それは変だ。

騎士ランスロットに憧れて、あの強さはないだろう。

アニメやラノベのヒーローならまだしも。

……まさか、ランスロットの方じゃない？

そんな馬鹿なことがあるのか？

「アーサーさん、もしかして職業は『剣』だったりしないですよね？」

俺がアーサーさんに質問すると、メアリーさんがそれを遮《さえぎ》るように近づいてきた。

「な、何を言っているんですか。職業に剣とか、おかしいですよね。そ、そんな恥ずかしい職業、普通は選びませんよ。フフフッ」

メアリーさんが可哀想なぐらい動揺している。

なんだこの罪悪感は……俺はたまらずアーサーさんを見た。

「僕の職業は、アーサー王の剣『エクスカリバー』だよ」

アーサーさんは俺に向かって微笑みながら、右親指を立ててサムズアップをした。

とても誇らしそうにしている。

職業欄に剣だと！　しかも固有名詞！

たしかに何を書いてもいいんだけど、まさかそこまで何でもアリだったのか……。

「メアリーの職業はさらにすごいよ」

「お、お兄様やめてください」

「アーサーさんだけでもびっくりなのに！　メアリーさんもですか⁉」

ミアが大げさに驚く。おまえ絶対にわざとだろ！

「な、何を言ってるんですか！　私は普通です。……秘密にしてるので言いませんけど」

「メアリーは恥ずかしがり屋なんだ。メアリーの職業は『エクスカリバーの鞘《さや》』だよ」

「お兄様、あれだけ人に言わないって約束したではありませんか！　どうして言ってしまうんですか……。ハッ！　これは違うんです。お兄様がそうしろって頼むから……」

メアリーさんのうろたえ方が半端ない。

「どうして職業に鞘を選んだんですか？」

　メアリーさんを尻目にグイグイ追求するミア。

「物語に出てくるエクスカリバーの鞘は、魔法の鞘なんだ。鞘の持ち主は重傷を負わなくなり出血もしない。つまり不死身になるのさ。そしてメアリーは、鞘の持ち主を自由に選べる」

「「「‼」」」

　実際の効果はスキルの素に依存するのだろうが、さっきのアーサーさんの傷を見る限り、あれは魔法の鞘の効果そのままだ。

　そりゃ、普通に戦って勝てるわけがない。

　俺なら『改ざん』スキルのチャンスがあれば無効化できそうだが……。

「アーサーさん、いいんですかそんな大事なことを教えてしまって」

「いいんだよ。このことは、僕達の一部の親しい人しか知らない。君達も黙っていてもらえると助かるよ」

　今まで黙って聞いていたゲイルが、アーサーさんに問う。

「これが信頼の証ってことなのか？」

「この秘密は親しい人にしか話さない」

　アーサーさんの真剣な表情が、その回答の意味する重さを伝えた。

ゲイルが判断を仰ぐような表情でカルラを見る。

「――あんたを許したわけじゃないけど、信頼はしてあげるわ」

「カルラ様が信頼したのだ。私も信頼しよう」

『カルラ、ゲイル。俺もアーサーさんは信頼できると思う。人族を味方にするならアーサーさんと手を組んだ方がいい』

『――わかったわよ。王女として私怨《しえん》に囚われるわけにはいかないから』

そしてゲイルとミアも頷く。

「よしっ、同盟の成立だな。魔族と人族、俺とミアはドワーフ族の大使だ。これはエルフに対抗するための三族同盟だ」

「そうね。たった六人だけど、これ以上頼もしいメンバーもいないわ」

カルラの言葉にアーサーさんとメアリーさんは頭を深く下げる。

「ありがとう。僕達にとってもこの同盟は大きな意味を持つ。今までは他種族と相談したくても術がなかったからね。それにしても、タクマとミオがドワーフ族の大使だったとはびっくりしたよ」

「アーサーさん、俺達のことはタクミとミアで呼んでください」

「いや、これは譲れないんだ。二人を捕まえなくちゃいけなくなるからね」

俺がメアリーさんを見ると、うつむきながら首を横に振る……。お兄さん頑固過ぎです。

ミアが俺の近くに寄ってくる。

「それなら、わたし達のあだ名がミアとタクミなので、今度からあだ名で呼んでください。親しい人はみんなそう呼んでいます」

「――わかったよ。今度からはあだ名で呼ばせてもらう。ミアとタクミ、よろしくね」

「あ、あのお兄様が一度決めたことを曲げるなんて……」

メアリーさんが目を見開き、とても驚いた表情をしていた。

さすがミア。あのアーサーの剣を曲げるとは。ミア、恐ろしいヤツ。

豪華《ごうか》なメンバーが揃ったが、まだまだエルフ族の構築した階級社会を壊すには足りない。

この輪を広げていかないとな。

まずは人族をこちら側に引き入れたい。

「アーサーさん、人族からエルフ族を引き離したいんですけど、何か方法はありますか？」

「エルフ族と袂《たもと》を分かつには、『魔道具の入手先』と『冒険者ギルドの運営』の問題がある。これを解決しないとメルキド王の説得は難しい」

「魔道具については心配いらないです。ドワーフ族が魔道具以上の技術開発に成功したから。これからはドワーフ族との取引が主になるはずです」

口で言っても信じられないだろうから、俺は伸縮する木のアーティファクトをアーサーさんとメアリーさんに見せる。

「こ、これはすごいね。しかも魔石がいらないとは」

「安定供給や長期的な利用方法など試行錯誤することはたくさんあるけど、そのうちエルフ族の魔道具に頼らなくても暮らせるようにしたいと考えてます」

「確かに素晴らしい技術ですが……それだと『罪』が消費されなくなります。あっ、『罪』と言うのはですね……」

「メアリーさん、大丈夫です。俺達も『罪』や『瘴気』の話は知っているので」

ドワーフ王から他言無用と言われているので、これ以上のことは話さない。

「これは俺の個人的なアイデアだけど、まずは『罪』エネルギーを消費するための魔道具を魔族に作ってもらう。冒険者ギルドで余った魔石は、その魔道具で消費する。ただ、魔族の魔道具は魔族しか動かせない。だから魔道具の技術者として魔族をすべての冒険者ギルドで雇《やと》ってもらう」

『瘴気』を浄化するために一定数の魔物が必要なら、魔族に魔物を飼育してもらうのもありだろう。

はっきり言って魔物に対する魔族の存在はチートだ。魔物の警備や監視など、魔族が活躍できることは多い。

種族間でいろんな心情はあるだろうから、徐々に交流できる機会を増やせればいいと思うのだ。

「なるほど、お父様の許可が必要だけど、それなら『罪』の問題は解決できそうね」

カルラも俺の意見に前向きのようだ。

「冒険者ギルドの方は、新しく別組織を作るのはどうでしょう？　今までの経験から言わせてもらうと、あの組織は腐りきってます」

「タクミもそう思うかい。僕も同じ考えだ。冒険者ギルドはエルフ族の傭兵集団となっている。特に最近では、王都の冒険者ギルドは動きが怪しい。メルキド王国軍とのいざこざも増えているしね」

　エルフ族が何か企んでいるのか。

「怪しい動きは、いつぐらい前からなんですか？」

「五ヶ月ぐらい前かな。ちょうどタクミ達の代の異世界人が現れたぐらいだね」

「そういえばギブソン様から聞いたことがあるわ。お兄様と同じぐらい有望な異世界人が来たって」

「ギブソンと言うのは、僕達がこの世界に来たときによくしてくれた異世界人の先輩だ。今はメルキド王国軍の将軍をしている。そして僕達の親友であり、この世界の父親代わりでもある。ちなみに彼は僕達のスキルのことを知っているよ。とても良い人なんだ。今度紹介しよう」

　俺達と同じタイミングでこの世界に来た異世界人か……あの白い空間にいた誰かってことだよな。

「とりあえず、この先の展望はわかった。時間はかかるかもしれないけど、メルキド王を説得してみるよ」

　俺も交渉が一回で済むとは思っていない。

伸縮する木のアーティファクトをアーサーさんに渡した。

彼なら良いように役立ててくれるだろう。

その後、『携帯念話機』と『転送魔法陣』もアーサーさん達に渡した。

「まさかこっちの世界で携帯を持てるとは思わなかったよ。それに『転送魔法陣』も素晴らしい。これを街や村に設置できたら、世界は大きく変わるね」

「『携帯念話機』はアーサーさんとメアリーさん用です。メルキド王は、様子を見てから渡すか判断させてください。『転送魔法陣』は、王都メルキドに設置する予定ですけど、今は手持ちに余裕がないので、しばらくはアーサーさん達が持っていてください。万が一のためです」

「わかった。収納袋に入れておくよ。さてと、僕達はそろそろ王都に戻るよ。早く王に伝えないとね」

「ここから人族の王都までどのぐらいかかるのだ？」

ゲイルが質問した。

「メアリーが『鞘』の持ち主を馬にすることで、ここまでは八日で来られたね」

「それでは遅い。魔族と人族の戦争が始まるかもしれん。カルラ様、最寄りの村にドラゴンを二体連れてきています」

「そうね。私達だけじゃなく、あんたにも人族を止めてもらった方がよさそうね。わかったわ。人族の王都までドラゴンで送るからついてきなさい」

こうしてアーサーさん達も一緒に、最寄りの魔族の村まで行くことになった。

――シラカミダンジョンを出てから、最寄りの村まで二時間ほどで着いた。

そして、俺達は二手に分かれてドラゴンに乗り、最終チェックを行っている。

俺のいる方は王都ゾフ行き。メンバーはカルラ、ゲイル、ミア、俺。

もう一つはメルキド王都行き。メンバーはアーサーさんとメアリーさんそして魔族の従者だ。

ここまでにBランク帯の魔物がぞろぞろ出現したが、どれもアーサーさんの剣から放たれる閃光で瞬殺だった。

俺は暇《ひま》だったのでメアリーさんと話し、スキルについて教えてもらった。

特定の人を不死身にできるスキル『魔法の鞘《さや》の加護』は、有効範囲が千メートルほどらしい。

これ以上離れてしまうと、鞘の持ち主は解除され、不死身じゃなくなる。

そして、鞘の持ち主は一人だけ。

つまり、誰かを不死身にしているときにメアリーさんが攻撃されると死ぬ可能性がある。

だから、アーサーさんとメアリーさんはいつも一緒に行動していたのだ。

一見すると無敵に見えるが、仕組みを知ってしまうといろんな攻略方法を思いつく。

引き離したり、二人同時に攻撃したり。

この秘密を俺達に話すのは、相当な覚悟が必要だったはずだ。

「そろそろ出発するぞ。準備はいいな！」

ゲイルの声に全員頷いた。みんなの顔に憂《うれ》いはなく、目は希望に満ちていた。

「人族の方は任せたわよ。魔族の方は任せて」

「わかりました。戦争を止めた後、是非、国王同士の会談を設けたいですね！」

人族と魔族の国交は、カルラとアーサーさんの二人の手にかかってると言ってもいいだろう。

「ミアさん、あのお兄様に対する手腕は見事でした。今度いろいろお話を聞かせてくださいね」

「そんな大したことないですよ。普段、タクミにいろいろ悩まされているので……」

俺がいつミアを悩ませた？　……なぜ俺を睨む。

「全員、ここから先は何かあれば『携帯念話機』で連絡を取り合いましょう！　では、また会えるその日まで！」

俺の声が消えると同時に、二匹のドラゴンは力強く羽ばたき、空高く舞い上がる。

その姿はまるで風を纏い、空を駆け抜けるように美しかった。

異世界で最強のスキルを生み出せたので、ひたすら無双することにしました。

～俺だけがステータスを勝手に操作～

異世界で最強のスキルを生み出せたので、ひたすら無双することにしました。

～俺だけがステータスを勝手に操作～

番外編　剣聖と姫

「――ここはどこ？」

私は目を覚ますと、真っ白な空間にいた。周りにはたくさんの大人もいた。

これは夢？　そうよ。夢なんだわ。

だって……ハリウッドスターのような素敵な男の人が私の横にいるんだもん。

ここまで日常からかけ離れた状況。夢以外に説明がつかない。

歳は20歳ぐらい？　金髪に青い瞳。スターにオーラがあるというのは本当なのね。

どうしよう……どうせ夢だし、話しかけてみようかしら。

その素敵な人をジッと見つめていると、その人は突然オロオロしながら、私に話しかけてきた。

「す、すいません。ここどこですか？　小さい女の子を見なかったですか？　メアリーっていうんですけど」

私はドキッとした。なぜなら私の名前もメアリーだからだ。

「おかしいな……庭で一緒に遊んでいたはずなのに……。ぬいぐるみと一緒に寝ているのを、隣のジョンにバラしたのをまだ怒っているのかな」

　ちょっと待って……ジョンにバラしたとか……それ私のことじゃない！

「もしかして、お兄ちゃん？」

「え？　お姉さんどうしたんですか？　僕は妹を探しているんですよ。僕に兄はいませんよ」

「ちがう。そうじゃなくて、アーサーなの？　私はメアリーよ」

「――メアリー⁉　なんでそんな大人の姿になってるんだ？」

「お兄ちゃんだって、大人みたいになってるよ。きっと、ここでは見た目がちがうんだよ。それにしても――」

　そのとき、急に頭の中で声がした。

『制限時間は一〇分。スキルの素を三つ選べ。ただし他者と同じものは選べない』

　誰なの……この声はなに？

『終わった者は〝転移〟と口にしろ。他者との行動を望むなら、他者の手を取り、口にしろ』

　え……ここからどこか別のところに行くの？

『……では、始めよ。我を失望させるなよ』

　なんなのよ⁉　意味がわからないし、せっかくのイケメンがお兄ちゃんとか……夢のやり直しを要求するわ！

心の中でこの夢についてしばらく考えていると、お兄ちゃんが話しかけてきた。

「メアリー、スキルの素を選んだか？　早い者勝ちみたいだから、急がないとダメだよ」

スキルの素？　あっ、さっき選べとか言われたやつね。もうしばらくこの夢に付き合ってあげるか。私は兄からスキルの素の選び方を教えてもらった。

「ステータス！」

おっ、これがスキルの素なのね。いろんなものが並んでいる。どれどれ……剣（済）。この『（済）』ってマークは、誰かが選んだってことよね？　『剣』なんて選ぶ人がいるのね。

私はどれにしようかな……物語に出てくる聖女様みたいなのがいいな。

自分が怪我しても治せちゃいそうだし。

どれどれ……。ダメだ、数が多すぎるわ。適当にスクロールさせて――この辺は『（検討中）』も『（済）』のマークもないから、ここから見てみよう。

あっ、え、やったわ！　こんな良いの見つけちゃった！

フッフフフ。あっ、これなんかもいいかも。本当に聖女になれ――

「メアリー！　何を選んだ？　教えあいっこしようよ」

ハッ、びっくりさせないでよ。そんなカッコイイ姿で顔を近づけられると焦っちゃうじゃない。

「まだ全部選んでないけど……。お兄ちゃんから教えてよ」

「聞いて驚くなよ。『剣』『聖』『不屈』だ！」

……『剣』！　あれ選んだのお兄ちゃんだったの!?　不覚にも驚いちゃったわ。

「はっははは。僕はアーサー王の『エクスカリバー』をイメージしたんだ。格好いいだろ？　メアリーのも教えてよ」

そうだった。お兄ちゃんはアーサー王伝説に出てくる『エクスカリバー』が大好きだった。ゲームでも最強の武器として出てくるから、さらにハマってしまったらしい。教科書やノートに、楽しそうに剣の絵を描いているのを私は知っている。

「私は『聖魔法』『加護』を選んでいて、あと一つを考えているところ。『聖女』をイメージしてるのよ」

「『聖魔法』とか、よく取れたね。なるほど……ねぇ、お願いがあるんだけどさ。『聖女』やめない？」

「別にこだわってるわけじゃないからいいけど……。じゃあ何がいいの？」

「決まってるだろ。『エクスカリバーの鞘』だよ」

「え!?　『エクスカリバーの鞘』？　なによそれ！　嫌よ」

「メアリー頼むよ。おまえだって『エクスカリバーの鞘』が魔法の鞘で、すごい効果があるのは知ってるだろ。剣だけよりも鞘まで揃っていた方が絶対に格好いい。一生のお願いだからさ」

理由がくだらな過ぎるわ……。まあ夢だからお願いを叶えてあげてもいいか。

「……もう。今度は私のお願いも聞いてよね。それで、あと一つは何を選べば良いの？」

「ありがとう！　さすがメアリー‼　あと一つは決まっているだろ」

やっぱりそれなのね……。お兄ちゃんが選んだスキルの素を探す。内心、見つからないか、誰かに取られていることを期待したんだけど、見つけてしまった。

「見つけたから選んだよ。『鞘』でいいんだよね？」

「やったー！　よし、一緒に転移しようか」

お兄ちゃんがそう言うと、隣にいた人が自分も一緒に連れて行ってほしいと言ってきた。

「別にいいですよ」と答えると、周りの人達もゾロゾロ近づいてきて、一緒に行きたいと言い出す。

なんでこうなった？　あっ、お兄ちゃんのオーラが原因ね。スーパースターにしか見えないもの。けど、私にもいろいろと聞いてくる人がいるのよね。なぜだろう？

結局、私達は三〇人で転移することになった。

——目を覚ますと、見たこともない部屋にいた。

私がベッドから起きると同時に部屋の扉が開き、兵士のような格好をした人が入ってきた。

「異世界人のみなさん、ようこそメルキド王国へ。これからみなさんの状況を説明しますので、少しの間、私の話にお付き合いください。この世界は——」

その兵士——ギブソンさんの話では、私達はこの世界に転移してきたらしい。

このグループのリーダーは誰かと聞かれたとき、みんながお兄ちゃんと私を指差した。

ギブソンさんと少し話をすると、私達だけ別の部屋に連れて行かれた。

「アーサーさんとメアリーさん。心配しなくて大丈夫ですよ。いや、アーサー君とメアリーちゃんなのかな？　異世界人は、こちらの世界にくるときに年齢が変わるそうなんだ。君たちは、その見た目と違い、あちらの世界では子供だったんじゃないかな？」

　ギブソンさんは、私達と話をしているうちに、すぐに子供だと気づいたそうだ。まあ、お兄ちゃんの言動を見ればすぐにわかるか……。

　自分達の中身が子供であることを、この世界の住人だけでなく、異世界人にも知られない方がいいと言われた。私達のような目立つ容姿だと、いろいろと危険な目に遭《あ》うらしい。

　そして、自立できるまでは面倒を見てくれると。

　後で聞いた話だと、ちょうど子供二人が大人になって家を出たため、奥さんが寂しそうにしていたらしい。

　一緒にきた人達をおいて、私達だけ先に冒険者ギルドに連れて行かれた。

「この世界にきた異世界人は、まず冒険者ギルドに登録するのが決まりなんだ。この登録用紙に名前を書いてくれ。出身欄はメルキド。職業欄は『職業』と書いてあるけど、ここは好きなものを書けばいい。スキルの素は持っているよね？　そのスキルの素と関係がありそうなものだと最高だな」

　その話を聞いた瞬間、お兄ちゃんの目は輝いていた。何を書くつもりなのか、聞かなくてもわかるけど。

「メアリー。やったな！　好きなもので良いんだってさ。スキルの素とも相性はバッチリだ」

そう言うと、お兄ちゃんは職業の欄に『エクスカリバー』と書いた。

さあ、次はおまえの番だぞ、とお兄ちゃんが期待の眼差しで私を見てくる。

本当にいいのかしら……と疑問に思いながら、『エクスカリバーの鞘』と書いて、受付のお姉さんに登録用紙を渡す。

しばらくすると、受付のお姉さんから冒険者カードをもらった。

「出来たようだな。ステータス画面を確認してごらん。職業が書かれているはずだ」

私達は、自分のステータスを確認した。

本当だ。職業の欄に『エクスカリバーの鞘』と書かれている。

あれ？　これなんだろう――。

そう思ったとき、お兄ちゃんがギブソンさんに質問した。

「――ギブソンさん、スキルってなんですか？　これ使えるんですか？」

「スキルは技みたいなものだ。職業に関連したものを覚えていく。君たちもそのうち覚えられるだろう」

「本当ですか！　これ全部が必殺技なんですね。すごいや!!」

「――今、全部って……。もしかして、何かスキルを覚えているのか？」

「はい。えーと、『斬る』『叩く』『防ぐ』『突く』『弾く』『構える』『放つ』の七つあります」

「なんだってぇ!?　今、冒険者登録したばかりなのに、既に七つのスキルを覚えているだと。

アーサー君、職業欄になんて書いたんだい？」

「僕の職業は『エクスカリバー』です。僕の大好きな伝説の剣の名前です」

「――え？　剣？　もしかして、職業に剣の名前を書いたの？」

「はい。メアリーの職業は『エクスカリバーの鞘』です！」

「さ、鞘？　剣の鞘⁉　――い、いや、どうなんだ。何が起きてるんだ……」

　これはどうしたことでしょう。ギブソンさんが固まってしまいました。

　どうしよう……私もスキル欄に『魔法の鞘の加護』って書いてあるんですけど。

「ハッ――ごめん。ちょっと考えごとをしていた。もし、他の人から職業を聞かれたら、そうだな……アーサー君は『剣聖』、メアリーちゃんは『姫』と答えることにしようか。うん。その方がいいな」

　この反応、やっぱりこの職業はおかしいんだわ。お兄ちゃんのバカ！

あとがき

はじめまして。作者のヒゲ抜き地蔵といいます。

この度、ＷＥＢ版『スキルの素を３つ選べって言うけど、早いもの勝ちで余りモノしか残っていませんでした』を大幅に改稿して、この書籍として生まれ変わりました。

改稿について、当初はここまで大幅にやる予定は無かったのですが、書いているうちに「本当はこういう風に書き直したかったんだよね」という思いと、新たなアイデアが湧き上がり、筆が止まらなくなってしまいました。

ＷＥＢ版をお読みいただいた読者の皆様にとっても、新しいエピソードや変更されたシーンなど、新鮮な気分でお楽しみいただけると思います。

また、『剣聖と姫』は、書き下ろしの企画が出た際、私の中では既に決まっていたほど書きたかった物語です。ネタバレになるので内容には触れませんが、皆様にも楽しんで頂ければ幸いです。

ここからは謝辞を贈らせてください。

担当の遠藤様、竹部様。イラストの山椒魚様。関係者の皆様方。刊行できるよう多大なる尽力を頂き、本当にありがとうございます。そして、ＷＥＢ版の頃から応援して下さった読者の皆様、心から感謝しております。皆様の応援なくして書籍化されることはなかったでしょう。

最後になりますが、本作を手に取ってくださった皆様に心より感謝を！

二〇二三年七月　ヒゲ抜き地蔵

本書に対するご意見、ご感想をお寄せください。

あて先

〒162-8540 東京都新宿区東五軒町3-28
双葉社　モンスター文庫編集部
「ヒゲ抜き地蔵先生」係／「山椒魚先生」係
もしくは monster@futabasha.co.jp まで

Mノベルス

発行・株式会社　双葉社

Mノベルス

発行・株式会社　双葉社

Mノベルス

発行・株式会社　双葉社

Mノベルス
魔王様、リトライ!
Maousama Retry!
神崎黒音 Kurone Kanzaki
[ill] 飯野まこと Makoto Iino
どこにでもいる社会人、大野晶は自身が運営するゲーム内の「魔王」と呼ばれるキャラにログインしたまま異世界へと飛ばされてしまう。そこで出会った片足が不自由な女の子と旅をし始めるが、圧倒的な力を持つ「魔王」を周囲が放っておくわけがなかった。魔王を討伐しようとする国やら聖女から狙われ、一行は行く先々で騒動を巻き起こす。見た目は魔王、中身は一般人の勘違い系ファンタジー!
発行・株式会社　双葉社

モンスター文庫

発行・株式会社　双葉社

モンスター文庫

発行・株式会社　双葉社

異世界《いせかい》で最強《さいきょう》のスキルを生《う》み出《だ》せたので、ひたすら無双《むそう》することにしました。～俺《おれ》だけがステータスを勝手《かつて》に操作《そうさ》～

2023年9月2日　第1刷発行

著　者　ヒゲ抜《ぬ》き地蔵《じぞう》

発行者　島野浩二

発行所　株式会社双葉社
〒162-8540　東京都新宿区東五軒町3番28号
［電話］03-5261-4818（営業）　03-5261-4851（編集）
http://www.futabasha.co.jp/（双葉社の書籍・コミック・ムックが買えます）

印刷・製本所　三晃印刷株式会社

落丁、乱丁の場合は送料双葉社負担でお取替えいたします。「製作部」あてにお送りください。ただし、古書店で購入したものについてはお取り替えできません。定価はカバーに表示してあります。本書のコピー、スキャン、デジタル化等の無断複製・転載は著作権法上での例外を除き禁じられています。本書を代行業者等の第三者に依頼してスキャンやデジタル化することは、たとえ個人や家庭内での利用でも著作権法違反です。

［電話］03-5261-4822（製作部）
ISBN 978-4-575-24662-9 C0093